世界一のランナー

The Fastest Boy in the World

エリザベス・レアード 作　石谷尚子 訳

Elizabeth Laird　*Hisako Ishitani*

評論社

世界一のランナー

THE FASTEST BOY IN THE WORLD
by Elizabeth Laird

First published 2014 by Macmillan Children's Books
an imprint of Pan Macmillan, a division of Macmillan
Publishers International Limited.

Japanese translation published by arrangement with
Macmillan Publishers International Limited through
The English Agency (Japan) Ltd.

夢《ゆめ》の中で、ぼくはいつも、走って走って、走りまくっている。ときどき、足が空中にうくこともあるので、もう少し早く足を動かしたら、きっと飛びあがって、ワシのように空を飛べるんじゃないかな。足が重たくて木の幹《みき》みたいになることもあるけど、どんなにつらくても、ゴールに到達《とうたつ》するまで走りぬかなければならない。

ぼくは、よちよち歩きのころから走りつづけている。歩けるようになるとすぐ、父さんがロバにまたがって市場に行くときに、小さい足をいっしょうけんめい動かして、よちよちと追いかけるようになった。

「ソロモン！　もどってらっしゃーい！」

母さんが大声で呼《よ》びとめる。でも、ぼくは言うことを聞かない。母さんが追いかけてきて、ぼくをだきあげる。それから、ふたりで笑いころげながら家に帰る。

ぼくの子ども時代は、こんなふうにはじまった。

そして、今でも細かいことまではっきり覚えているが、ある夜、何もかもがひっくりかえった。

1

ぼくは十一歳《さい》だった。少なくとも、ぼくの記憶《きおく》の中では十一歳だ。エチオピアの田舎《いなか》では、年齢《ねんれい》を気にする人なんかいない。

あれは、一日が終わるころだった。家のドアはしっかりと閉《し》めてある。夜になってからの外のことは、考えるだけで体がふるえる。暗くて寒い。それに、ハイエナが一頭か二頭、暗がりにひそんでいるかもしれない。ひょっとすると、もっとこわい魔物《まもの》のようなものがいるかもしれない。

エチオピアに来たことがない人には想像《そうぞう》もつかないだろうから、ぼくの家族が住んでいた家のことを話しておこう。すずしい高原では、ごくあたりまえの円形の家だった。わらぶきのとんがり屋根で、一部屋しかない。部屋の真ん中で火をたく。ちょっとけむたいが、あたたかいし、明かりにもなる。家のすみについたてがあって、その向こうに家畜《かちく》がいる。でもそれは夜だけ。日中は、もちろん外で草を食べている。

それはさておき、あの晩《ばん》、母さんは火にかけたシチュー鍋《なべ》をかきまぜていた。おいしそうなにおいがただよってきて、急に腹《はら》ペコになった。

「母さん、ぼくって何歳？」

ぼくは、とつぜん聞いてみたくなった。どうしてそんな質問《しつもん》をする気になったのだろう。

「さあねえ」

母さんは上《うわ》の空《そら》で言いながら、鍋に赤唐辛子《あかとうがらし》を一つまみ入れた。母さんが聞いてないのは見え見えだった。

でも、アッバ（みんな父さんのことをこう呼《よ》ぶ）は聞いていた。畑仕事から帰ってきたところで、火のそばの小さい腰《こし》かけに腰をおろしたアッバは、ぼくと同じくらい腹ペコなのがわかる。

「おまえが生まれたのは、作物の収穫《しゅうかく》が最悪だった年だ。おまえが生まれるってことになって、おまえのおじさんから大金を借りる羽目になっちまったのさ」

母さんがアッバを、とがめるように見やった。

アッバはちょっとあわてた様子で、まばたきした。

「頭が混乱《こんらん》しちまったな」

と、アッバが小声で言った。

「ハイルだったよ、あの年に生まれたのは」

ハイルというのは、ぼくの兄ちゃんで、小さいうちに死んでしまった。ハイルの話が出ると、母さんはいつも大きなため息をつく。

アッバは母さんに、わかったよというように目配せして、頭をかいた。

「そうだ、そうだ、やっと思い出した。おまえが生まれたのは、魔法《まほう》使いが来て、父さんの杖《つえ》を金色に変えてくれた年だ」

ぼくは、こんなふうにふざけるアッバが好きだ。妹のコンジットは小枝《こえだ》の燃《も》えさしを拾っては火に投げ入れていたが、もう一方の手は額《ひたい》にたれた髪《かみ》をもてあそんでいる。コンジットは何をするにも片手《かたて》しか使わず、もう一方の手は、いつもいつも髪をいじくっている。それが今、一分間まるまる、手の動きを止めている。

「わーっ！」

コンジットの鳶色《とびいろ》の目が、じいちゃんの木綿《もめん》のジャケットのボタンのように、まん丸になった。

「金色の杖になったの？　それって、どこにあるの？」

ぼくは、バカ言ってら、とばかりコンジットをこづいた。でもすぐ、火の上にたおれこまないように、体を支《ささ》えてやった。

「それがなあ、ただの杖にもどっちまったんだよ、あそこの杖みたいに」

アッバは、ぼくに目配せをしながら言った。

「とにかく、その年じゃなかった。おまえが生まれたのは、角《つの》がねじれたツイスティ・ホーンが双子《ふたご》を産んだときだ。でもねえ、その双子は子牛にならないで、二羽の鶏《にわとり》になっちまった。見せたかったよなあ。そこいらを飛びまわっていたんだからねえ」

みんな笑った。壁沿《かべぞ》いにぐるりとこしらえてある土のベンチに腰《こし》かけているじいちゃんまで笑った。ベンチがきしむような音を立てたので、じいちゃんも笑っているのがわかった。でもコンジットはにこりともしない。ギョッとしたような顔をしている。

「牛は鶏《にわとり》の赤ちゃんを産んだりしないよ、アッバ」

コンジットがまじめくさって言った。

「そんなの、あったりまえでしょ」

コンジットはなんでも真に受ける。

ちょうどそのとき、木でできたついたての向こうから、動物の鼻息が聞こえた。ツイスティ・ホーンの鼻息だ。あれはロング・テイルでもビッグ・フーフでもない。ぼくは、家の動物が出す音は、ぜんぶ聞き分けられる。家のロバ（ラッキーという名の女の子）が市場でいななくと、ほかにたくさんのロバがいても、すぐわかる。もちろん、家で飼《か》っている三びきの犬の声も聞き分けられる。でも犬たちは、家の中に入れてもらえない。外で農場の番をするのが仕事だから。犬たちは、自分たちでじょうずに生きている。

「おまえの言うとおりだ。牛は子牛しか生まないよな」

アッバはこう言って、コンジットをだきよせた。アッバがじょうだんをくり出す時間は、これでおしまい。夕方になると、アッバはどっと疲《つか》れが出るのだ。一日じゅう、農場で働きづめだから。

「夕食の時間よ」

母さんがようやく口をはさんだ。母さんは大きな光沢《こうたく》のあるトレーを持ってきて、丸くて平べったい、大きなパンをのせた（このパンは「インジェラ」といって、やわらかくて、うすくて、とてもおいしい）。それから、鍋《なべ》のシチューをすくって、家族それぞれの分をインジェラの上に盛《も》った。

じいちゃんが立ち上がり、火のそばにいる家族の輪に加わろうと歩きはじめた。ぼくは、そらきた、と思った。

五歩。心の中で予想《よそう》した。

じいちゃんの歩数を数えると、思ったとおり、五歩目で小枝《こえだ》が折れるようにポキッと膝《ひざ》が鳴った。（やめられないのだ、これが――歩数を当てる遊びが。ぼくがこっそり楽しんでいるゲーム。友だちのマルコスとやるときもある。ただし、マルコスがやる気になればの話。）

アッバがじいちゃんのためにうしろに引いた腰《こし》かけに、じいちゃんが座《すわ》った。

「ソロモンは十一歳《さい》じゃ」

じいちゃんが言った。

そうだった、すっかり忘《わす》れていたけど、ぼくは自分の年をたずねていたのだ。食事の前に手を洗《あら》ってもらうため、壺《つぼ》と小さい水差しを持って家族のあいだをまわるのが、ぼくの役目なのだが、あまりに腹《はら》ペコで、食べ物のこと以外は頭から吹《ふ》っ飛《と》んでいた。

みんな、ほとんど口もきかずに食べたが、おなかがいっぱいになると、じいちゃんが腰《こし》かけの上でくつろいで、また言った。今度はもっとしみじみとした調子で。

「ソロモンも十一歳《さい》じゃな」

じいちゃんの話、また脱線《だっせん》しそうだぞ、と思った。でも、ちがった。じいちゃんはとつぜん胸《むね》を張《は》り、暑くてたまらんというように、白くてぶあつい肩《かた》かけを首からはずして、また言った。三回目だ。

「十一じゃ。大きくなったもんだ。明日、行くぞ」

アッバも母さんも、静まりかえった。母さんは、手を口にもっていきかけていたが、とちゅうで止めた。アッバは内ポケットから歯ブラシを取り出したところだったが、そこで固《かた》まった。

「どこに行くの？」

コンジットが小声で聞いた。コンジットはじいちゃんの前では、大きい声で話せない。本当は、「どこに行くの？　あたしも、いっしょに行ける？」と聞きたくてうずうずしているのだ。でも、そんな生意気なことはぜったいに言えない。ぼくは、いいことを聞いてくれたぞ、とうれしかった。実はぼくも、それを聞きたくてたまらなかったから。

「アディスアベバに行く」

と、じいちゃんが言った。キダメに行こうと言っているくらい、気軽な口調だ。キダメは近くの町で、ぼくの学校や、アッバが木曜日に行く市場がある。

「会わなければならん人がいる。ソロモンを連れていく。そろそろ大人の世界を見せておかんと。ソロモンに助けてもらうことになるかもしれんしな」

ぼくの心臓《しんぞう》がドキドキしはじめ、顔がカッと熱くなった。アディスアベバ！　この国の首都！　マルコスの兄ちゃんが一度、行っている。帰ってきて、びっくりするような話をしてくれた。ガラスの壁《かべ》に囲まれた、どでかいビル、自動車がひしめいている道路、みんなカッコいい服を着ていて、動く階段《かいだん》があるんだって。ぼくはキダメより遠くには行ったことがない。キダメだっていい町だ、ちょっと小さいけれど。大通りが一本。雨季になると、ぬかるんでたいへんだ。バスは一日に一回。自動車はときどき通るていど。

学校までは八キロだ。ぼくは毎朝、学校まで休まずに走り通す。遅刻《ちこく》すると先生がおこりまくるから。午後もまた、ずっと走って帰ってくる。たまに、最後のほうをちょこっと歩くこともあるけれど。

田舎者《いなかもの》のぼくたちも、キダメに行くと少しだけシャキッとする。大通りに一軒《けん》、店があるので、木曜日でなくても、ほしいものがあれば買える。木曜日は市が立つので、ほとんど何でも買うことができる。キダメには電気も通っていて、酒場にはテレビまで置いてある。マルコスといっしょに窓《まど》によじのぼって、よくテレビを見たものだ。でも五分か十分たつと、酒場の人が出て来て、追っぱらわれてしまう。

マルコスの家には電気まである。だからマルコスは、夜も電燈《でんとう》の下で宿題ができる。

ぼくとは大ちがい。うらやましい。ぼくの場合は、本を火にできるだけ近づけないと、勉強ができない。それでもよく見えないし、本がよごれまくる。あんまり近づけると焦《こ》げてしまう。マルコスの家のそばには、いつでも水をくめるポンプがある。ぼくの家では、母さんが毎朝、大きくて重い瓶《かめ》をもって、丘《おか》のふもとの小川から水をくんでくる。コンジットも、子ども用の小さい壺《つぼ》を持ってついていく。

それはそうと、話をもどそう。

母さんは、まだ口をポカンとあけて、じいちゃんを見つめている。

「どのくらい――どのくらい歩くことに……？」

母さんが、すがるような目でじいちゃんを見た。

「一日じゅう歩く」

じいちゃんが言った。

「明日、日の出とともに出発する。日がしずむころまでには着くじゃろ。甥《おい》っ子《こ》のウォンデュを覚えているか？　ピアッサの近くのあいつの家に二晩《ばん》泊《と》めてもらう。翌朝《よくあさ》のバスでキダメにもどる。やきもきするな。ソロモンはだいじょうぶじゃ。学校も休みの時期だから、勉強がおくれることもあるまい」

　ぼくは、じいちゃんの話しっぷりに感動した。あんなふうにさらっと自信に満ちて、「ピアッサ」とか言うんだもの。それにバスで帰るんだって。バス！　ぼくはまだ一度もバスに乗ったことがない。

　アッバは心配そうな顔をしていた。

「アディスアベバには、もう長いこと行ってないんだぞ、父さん」

と、アッバが言った。

「道は、わかるのかなあ？　すごく変わったらしいぞ。それに、あそこまでずっと歩いていくなんて……」

「だから、ソロモンといっしょに行きたい」

　じいちゃんが、ぶっきらぼうに言った。

「わしもまだ、捨《す》てたもんじゃないぞ。たったの三十五キロじゃないか。若《わか》いころは、もっとずっと遠くまで歩いたものさ。だがなあ、相棒《あいぼう》がほしい。ソロモンなら、おあつらえ向きだ」

その夜、それからどうしたのか、覚えていない。母さんは、やきもきしどおしだった。ぼくのシャツは、きれいになっているだろうか（ぼくは一枚《まい》しかシャツを持っていない。あとは学校の制服《せいふく》だけ）。旅のあいだ、何を食べるのだろうか。じいちゃんは、そんなことは気にもかけていない。うれしそうな顔をしているだけだ。立ち上がると、土のベンチのところに行って横になり、肩《かた》かけをたたんで毛布《もうふ》がわりにした。そして一分後には、もう眠《ねむ》ってしまった。

アッバが、そばに来いと、ぼくに目配せした。

「こんなふうに事が運ぶとは思っていなかったよ」

アッバは、燃《も》えさかる火の奥《おく》の方をじっと見つめながら、静かな声で言った。

「近々、父さんがおまえをアディスアベバに連れて行くつもりだった。じゅうぶん、気をつけてくれよ。じいちゃんは年が年だし、アディスアベバは、どでかい町だ。道だって、よく覚えてないだろう。じいちゃんを、急がせたり困《こま》らせたりするんじゃないぞ。くたびれたら、肩を貸《か》してやってくれ」

アッバは上着《チュニック》のポケットをさぐって、よれよれのお札《さつ》の丸まった束《たば》を取り出した。

その中から何枚《まい》かを引きぬいて、ぼくの手ににぎらせた。

「困《こま》ったときのためだ」

と、アッバは言った。

「じいちゃんが甥《おい》っ子《こ》を見つけられなかったとか、何かうまくいかなくなったときは、おまえがなんとかしなくちゃならん。だが、これを使うのは、にっちもさっちもいかなくなったときだぞ。おまえなら、なくすことはあるまい」

こんな大金を持つのは、はじめてのことで、こわくなった。

「アディスには盗人《ぬすっと》がいるからな」

アッバは真剣《しんけん》な顔で言い足した。そして母さんにうなずきかけた。母さんは立ち上がって、穀物《こくもつ》の入った瓶《かめ》の上にある棚《たな》から、小袋《こぶくろ》を持ってきた。アッバはその袋にお金を入れ、首に下げてシャツの中にねじこむのを実演《じつえん》してくれた。

「ねえ、じゅうぶん注意してね」

と、母さんが言った。心配そうに、眉《まゆ》を八の字によせている。母さんが心配しているのは、お金よりもぼくのことなのだ。そう思うと、ぼくまで心配になってきた。

火のいきおいがなくなり、小さな炎《ほのお》だけになったので、みんな、床《とこ》についた。ぼくは天井《てんじょう》を見上げ、梁《はり》のまわりにゆらめく影《かげ》を見つめた。興奮《こうふん》しすぎて、なかなか寝《ね》つけない。

アディスに行ったなんて話したら、マルコスはなんて言うだろう。うらやましすぎて、病気になっちゃうかもな。

するとそのとき、心臓《しんぞう》がドキンと飛びはねた。

混雑《こんざつ》している道で、じいちゃんを見失ったらどうしよう。人ごみにまぎれてしまうかも。盗人《ぬすっと》におそわれて、お金をとられたらどうしよう。うーんとうーんと注意しなければ。じいちゃんの面倒《めんどう》を、よーく見てあげないと。

そう思ったところで、ことりと眠《ねむ》ってしまった。

2

雄鶏《おんどり》が時を告げる声で、ぼくは目を覚ました。雄鶏は毎朝、屋根の一番高いところにとまって、さわぎたてる。ふだんは、それでも眠っていて、母さんに体をゆすられて、やっと目覚めるのだが、その朝ばかりは、雄鶏のおかげで目を覚ました。

いつもなら、壁板《かべいた》のすきまから日の光が差しこんで起きる時間だとわかるのだが、この日はまだ暗かったので、朝とても早いことがわかった。でも、母さんはもう起きていた。火の上にかがんで息を吹《ふ》きかけ、炎《ほのお》を燃《も》え上《あ》がらせ、やかんをかけていた。もう湯が沸《わ》きたって、チュンチュン音を立てている。

「母さん、あれは夢《ゆめ》だったとか？　今日、ほんとにアディスに行くの？」

と、ぼくは聞いた。

「そう、行くのよ」

母さんが、少しこわい顔で言った。

「でも、必ず元気に帰ってきてよ」

じいちゃんは、もう目を覚ましていた。いつものようにうなり声をあげて起き上がると、十字を切って小声でお祈《いの》りをした。

「さてと、ワーケネシュ」

と、じいちゃんが母さんに言った。

「わしの朝めしはどうなっとる？　あまり時間がないから、急いでくれ」

母さんがいそいそとしたくをした。煙《けむり》で黒ずんだやかんから、金色の液体《えきたい》を小さいグラスに注いで、じいちゃんにわたした。じいちゃんが音を立てて飲んだ。母さんは、ぼくにも同じものをくれた。

「アディスアベバでは、行儀《ぎょうぎ》よくしなさいよ、ソロモン」

と、母さん。

「町の人はきちんとしているのよ。だらしない家庭の子と思われないようにね。上品にふるまって。話しかけられたとき以外は、口をきいちゃだめ。ガツガツ食べるんじゃないわよ」

「もうそれでいい」

と、じいちゃんが言った。

「そこまでにしといてやれ」

そのあとすぐ、ぼくたちは出発した。アッバと母さんは家の入り口に立って、コンジットもいっしょに見送ってくれた。


目かくしをしてもたどれるほどよく知っている道だけど、ひとりで走るのと、ほかの人と歩調を合わせて歩くのは、わけがちがう。相手が年よりとなれば、いっそう気をつかう。

キダメまでの道は、すみからすみまで、よーく知っている。長い道のりなので、いつもたいくつしのぎに、数を数えるひとり遊びをしながら進む。曲《ま》がり角《かど》の木まで何歩で行けるか当てたり、教会の塀《へい》にとまっている茶色の鳥を数えたり（たいてい四羽か五羽）。丘《おか》のふもとの岩にさわって悪魔《あくま》を追っぱらうのも、忘《わす》れない。しかも、そういうことをみんな、走る速度を落とさずにやってのける。

　走る話をするなら、言っておきたいことがある。ぼくは走ることがなにより好きだ。つまり、ランナーになりたいのだ。毎日、学校に走って行き、走って帰る少年で終わりたくない。外国の大きなレースで走り、エチオピアを栄光《えいこう》の座《ざ》につけ、キダメの人たちに、ぼくがヒーローだってことを認《みと》めさせたい。世界一のランナーになりたいのだ。

　エチオピアでは、田舎《いなか》のおさない子どもでも、エチオピアの有名ランナーのことは知っている。あの人たちは本当にすごい。世界選手権《せんしゅけん》、世界マラソン大会、オリンピック、どこに出ても、あの人たちはメダルを持ち帰る。

　ランナーになるなら、そんじょそこらのランナーではだめだ。練習、練習、練習。そして走って走って、走りまくらなくちゃならない。それも、うんと小さいときから、はじめないとだめだ。

　その点、ぼくは走りまくっている。それに、はじめに言ったとおり、歩けるようになるとすぐ、走りはじめた。でも、どのように練習すればいいのか、それがわからない。

ベコジって町に、ランナーのための学校がある。キダメから半日バスに乗れば行ける。子どもたちが走り方を教わる学校だ。ぼくは、その学校に、なんとしても行きたかった。

でも、アッバに、ランナーになりたいなんて言い出す勇気が、どうしても出なかった。ダメと言われるにきまってる。農場に、ぼくがいないと困《こま》るのだ。でも夢《ゆめ》を見ることまで、ダメとは言えないはず。夢を禁止《きんし》するなんて、だれにもできやしない。

とにかく、今はじいちゃんといっしょなのだから、走ることを考えてもしかたない。じいちゃんは、とぼとぼと歩いている。あんまりおそいので、じれったい。早くキダメを通りこして、その向こうの、ぼくがまだ行ったことのない場所を見たくてたまらない。アディスアベバにつながっている道。

はじめのうち、ぼくは先に走っていって、じいちゃんが追いつくのを待っていた。そのうち、じいちゃんがおこりだした。

「何やってんのかい、ソロモン」

と、じいちゃんが言った。

「ハチに刺《さ》されたみたいにあばれまわって。落ち着け。同じ速度で歩くんだ、あわてず、しっかりな。さもないと、半分も行かないうちに、まいっちまうぞ」

そりゃそうかもしれないけれど、キダメに着くまでに、どれだけ時間がかかったことか。そしてキダメに着いてからも、じいちゃんは、あいかわらず、のんびりしていた。大通りを歩くあいだ、老人に会うたびにあいさつのしまくり。老人はみんな、じいちゃんの友だちで、いちいち「アディスに行くところでな」と話すのだ。

でも、そのおかげで、ぼくもじまん話をする時間ができた。町を出るまでに同じ学校の男子生徒、四、五人が、ぼくに手をふって、ふざけたことを言ってきた。「テレビを一台、持って帰れよ！ サッカーの試合を見るの、忘《わす》れるな！ サッカー見るなら、いっそ飛行機に飛びのって、アメリカに行けば？」なんて。

キダメの町を出ようとしたとき、マルコスが追いかけてきた。

「聞いたんだよ、ソロモン！ 選手たち、今日、飛行機で帰ってくるんだって！ アディスには、明日着陸！ 会えるかもしんないじゃん！ あーあ、ぼくもいっしょに行けたらな！」

　どうやら、そう言っているらしかった。興奮《こうふん》しまくっていて、すごーく早口だったから、「選…飛行…帰る…アディ…あし…ぼくも！」としか聞こえなかった。

　ぼくはマルコスを見ながら言った。

「何言ってんのか、わかんなーい、ちゃんと口きけないのかよ」

　そしたらマルコスが、そっくり同じことをもう一度ゆっくり言ったので、今度はわかった。

「選手たち？　陸上の？　オリンピックから？」

「あったりー！」

　ぼくの心臓《しんぞう》が飛びあがった。エチオピアのヒーローたち、ハイレ・ゲブレセラシエ！デラルツ・ツル！　ほんものを見られるかも！　この目で！

　今までずっと、キダメの向こうの山をこえたら、こっちとはぜんぜんちがう、スリル満点な土地が広がっているんだろうな、と思ってた。でも、そんなことはまったくなかった。見まわしても、ぼくの家のあたりと同じように見える。畑の中に、点々と小さい農家があって、少し木が生えていて、たまに、ブリキの屋根に十字架《じゅうじか》がのっかった丸い教会が現《あらわ》れる。

太陽が真上に来るまでに、十五、六キロは歩いたと思う。ひどい暑さだ。足もいたくなってきた。

じいちゃんの言うとおりだ。ゆっくり、しっかり歩かなければ。

最後まで歩き通すなんて、やっぱり無理だと思ったとき、じいちゃんが言った。

「次の町で休憩《きゅうけい》するぞ。何か食おう」

これから先の旅路を、ぐだぐだ話すのはやめよう。ただ言っておきたいのは、旅が永遠《えいえん》につづくような気がしたってことだ。三十五キロ歩き通すのは、かんたんなことじゃない。ずいぶん歩いて、ようやく土の道が終わり、じいちゃんがアスファルトって呼《よ》ぶ、すべすべした黒い道になった。行きかう自動車もふえてきた。トラックがうしろから大きな音をとどろかせながら近づいてきて、警笛《けいてき》を鳴らしながら追いぬいていく。おんぼろバスにも何台か、ガタガタと追いこされた。お尻《しり》からモクモクと黒い煙《けむり》を吐《は》いて。

家がならんでいるところを通るたびに、じいちゃんに聞いた。

「着いたの？　ここがアディスアベバ？」

そのたびに、じいちゃんが答えた。

「こんなちっぽけな村だと思うのかい？　バカを言え、このおたんこなす。アディスは、もっとずっと大きいぞ」

やっとのことでアディスに着い

たときは、じいちゃんにたしかめるまでもなかった。気づいたときは、大きなビルとビルのあいだを歩いていた。ガラス窓《まど》が、夕日に染《そ》まって燃《も》えているように見える。人も大勢《おおぜい》いて、アスファルトのわきの、ざらざらした石の道を、急ぎ足で歩いている。看板《かんばん》を出した店がずらっとならんでいる。窓の中に肉をつり下げている店もあれば、外に出した屋台に果物を盛《も》り上《あ》げている店もある。

キダメでは、みんな顔見知りだが、アディスの人たちは、すれちがってもあいさつをしない。足早に通り過ぎるだけだ。

周囲をながめるのにいそがしくて、のろのろ歩きになったのにも、ほとんど気づかなかった。少し前から、じいちゃんがぼくの肩《かた》に手をかけている。それでハッとした。じいちゃんがぼくに、すっかりよりかかっている。

見上げてびっくりした。じいちゃんの顔が真っ青で、口がへの字に曲がっている。

「じいちゃん、だいじょうぶ？」

じいちゃんがうなるように答えた。

「だいじょうぶに決まっとる。生意気言うな」

生意気を言ったわけじゃないのは、ぼくもじいちゃんもわかっている。ぼくもくたくたに疲《つか》れていたが、今は、じいちゃんのことが心配だ。じいちゃんが歩けなくなったら、どうしよう。

あれこれ考えているひまはなかった。大型トラックがすごいスピードで、こっちに向かって突進《とっしん》してくる。そのエンジンのすさまじい轟音《ごうおん》が、ほかの車の音をかき消し、耳をつんざく警笛《けいてき》が鳴りひびくまで、別のトラックがうしろに迫《せま》っているのがわからなかった。ふりかえると、すれちがうトラックをよけようと道路を半分飛び出しながら、こっちにまっすぐ向かってくるのが見えた。このままでは、じいちゃんに、もろにぶつかる。

「じいちゃん、あぶない！」

と、さけんだ。

でも、じいちゃんには聞こえなかったらしい。ぼくは、じいちゃんの腕《うで》をつかんで引っぱった。じいちゃんは転んで地面にたたきつけられた。トラックが再《ふたた》び、けたたましい警笛を鳴らして通り過ぎていった。タイヤが、もう少しでじいちゃんの足を轢《ひ》くところだった。

ぼくはじいちゃんのわきにしゃがみこんだ。ぼくが引っぱったのをおこっているのではないかと思ったが、じいちゃんは、ぼくがそばにいるのにも気づいていないようだ。座《すわ》っているのか倒《たお》れているのかわからない姿勢《しせい》で、ぼうぜんとしている。

「じいちゃん、どこかいたい？　ぶつかった？　トラックに？」

じいちゃんは、ぼくの顔をじっと見つめるばかりで、何も言わない。

「じいちゃん！」

声がうわずった。たいへんなことになったと、あわてた。そのとき、じいちゃんが体をぶるっとふるわせて、いつものガラガラ声で言った。

「ぶつかっちゃいない。わしを引き倒すこたあなかったぞ」

ぼくはほっとして、思わず笑顔がこぼれた。とにかくよかった。憎《にく》まれ口でも、口をきいてくれて。

「立てる？」

ぼくは、じいちゃんのわきの下に手を入れた。

「あったりまえだ。どいてくれ」

じいちゃんが、いらだった声で言った。

小さな人垣《ひとがき》ができていた。男の人がかがんで、じいちゃんを立たせてくれた。

「トラックの運転手め、けしからんやつだ」

そのおじさんが言った。

「我《わ》がもの顔で走りやがって。大事故《だいじこ》になるところだった」

じいちゃんも何か話そうとしたが、まっすぐ立つのもたいへんそうに見えた。女の人が走りよってきて、腕《うで》を支《ささ》えてくれた。

「こちらにいらっしゃいな、おじいさん」

と、そのおばさんが言った。

「しばらく座って、一息《ひといき》ついたほうがいいわ」

おばさんは、じいちゃんの腕をとると、道からわきに出て、小さな店の方に連れて行ってくれた。白いプラスティックの椅子《いす》が、店の外壁《そとかべ》によせて置いてある。椅子には若者《わかもの》が座っていて、手に持ったビーズのストラップをのんびりゆらしていた。おばさんににらまれたので、若者《わかもの》は立ち上がり、その椅子《いす》に、じいちゃんが深々と腰《こし》をおろした。

「遠くから来たんでしょう？　おじいさん、疲《つか》れ切《き》った顔だもの」

おばさんが言った。

「キダメからです」

ぼくは、できるだけハキハキとていねいに答えたが、声が小さすぎたようだ。

「聞いたことがないわね。これからどこに行くの？」

「じいちゃんの友だちが、ピアッサってところにいるんです」

今度は、ちょっと大きい声で答えた。きまりが悪かった。見ず知らずの人と話をするのに慣《な》れていないのだ。まわりにいる人たちは、耳なれないアクセントの早口言葉で、ベラベラしゃべっていて、何を言っているのか、ほとんどわからない。ぼくは石のように固《かた》まってつっ立っていたので、まぬけな子に見えるだろうな、と思った。

「ピアッサ？」

じいちゃんに椅子をゆずってくれた若者が笑った。

「アディスアベバのど真ん中じゃないか。先を急いだほうがいいぞ。真夜中になる前に着きたけりゃ」

おばさんが舌打《したう》ちした。

「きびしいことを言いなさんな、ユスフ。お気の毒に、こんなに疲れていなさるじゃないの。一日じゅう、歩いてきたなんて、無茶ですよ。こんな子だけをたよりに歩き通すなんて。ミニバスに乗ったほうがいいわ。すぐ来るはずだから」

バス！　と思っただけで、こわくなった。どのバスに乗ればいいか、どうすればわかるんだろう？　バス代はいくらかかるのか？　アッバが言っていた「にっちもさっちもいかなくなったとき」ってのは、今なんだろうか？　バスをおりる場所はわかるのか？

おばさんには、ぼくの心が読めたらしい。

「アディスは、はじめてなの？　あんたの気持ち、よくわかるわ。わたしも、田舎《いなか》から出てきた人間だから。心配しなくてだいじょうぶ。バス代は安いもんよ。みーんな、ピアッサでおりるんだから、まちがえっこない。ユスフがバス停まで案内するし、バスにも乗せてくれる」

おばさんがふりむいて、こわい顔でユスフをにらんだ。

「おやめ、そんなふくれっつらは。この役立たず」

おばさんが、どなりつけた。

「お昼からずーっと、なーんにもしないで、あの椅子《いす》に座《すわ》ってただけだろ。一度くらい、人の役に立ってごらん」

ぼくはびっくりして、口をポカンとあけた。女の人が男の人に、こんなふうに話すのを聞いたことがなかった。アディスアベバでは、これがあたりまえなんだろうか？

ぼくはもう少しで、ありがとうございます、おばさん。ぼくたち歩けますから。じいちゃんも、じきに元気になると思います、と言いそうになった。でも、じいちゃんを見ると、ちっとも元気になっていない。

「どうしようか、じいちゃん」

と、小声で聞いた。

「おばさんが、バスで行ったほうがいいってよ」

じいちゃんはかわいたくちびるをなめながら、うなずいた。

「バス」

じいちゃんは、しわがれた声で言った。

おばさんが家の中に消えたと思ったら、水の入ったコップを持ってもどってきた。

「おじいさん、さあ、これを飲んで。飲めば気分がよくなるから」

おばさんの言うとおりだった。じいちゃんは水をゴクゴク飲んで、生きかえったように見えた。立ち上がり、杖《つえ》によりかかって（杖をギュッとにぎりしめているので、指の関節が白くなっている）、軽く頭を下げ、お礼の言葉を口にしはじめた。

それをおばさんが、さえぎった。

「いえいえ、たいしたことじゃありません。わたしたちはみんな、神様の子どもですから。ユスフがバスの乗り場まで案内して、バスにお乗せしますよ。ぼうや、おじいちゃんのお世話、たのむわよ。一日か二日は、長い時間歩かせちゃだめよ」

3

ピアッサ行きのバスは、ガタガタとキダメを出入りしている赤い大型バスに比《くら》べると、ずっと小さかった。もう乗客がところせましと乗っている。

「満員だよ」

と言って尻《しり》ごみするぼくの背中《せなか》を、ユスフがグイとおして乗りこませてくれたが、いきおいあまって、黒いスカーフをかぶった太っちょのおばさんの膝《ひざ》の上に、もう少しで座《すわ》りこみそうになった。

はずかしくて顔が真っ赤になったが、そんなことを気にしているひまはなかった。ユスフが、じいちゃんをおしこんで、今度はじいちゃんが、おばさんの上に座りそうになった。

やっとのことで、みんなが少しずつつめて、じいちゃんを座らせてくれた。ぼくは、じいちゃんと太っちょのおばさんにはさまれて、つぶされそうになりながら座った。ドア近くにいる車掌《しゃしょう》がドアをバタンと閉《し》め、バスは動き出した。

ひどいバス旅行だった。ぼくはどうしても、太っちょのおばさんによりかかるかっこうになってしまう。すると、おばさんが肘《ひじ》でおし返してきて、ぶつぶつ文句《もんく》を言う。バスは大きな音を立てて出発し、あっちやこっちにゆれることゆれること。でも、みんな平気な顔で乗っている。こっちの人がいつも、こんなふうに暮《く》らしているなんて、想像《そうぞう》もつかなかった。バス代は、どうやってはらうんだろう。いくらはらえばいいのか。ぼくはお金の入った小袋《こぶくろ》をシャツの下から引っぱり出そうとした。でもよかった。じいちゃんはちゃんと心得ていて、ポケットを探《さぐ》って取り出した小銭《こぜに》を車掌にわたした。車掌はうなずいて受け取った。

バスの中は蒸《む》し暑《あつ》かった。汗《あせ》くさいのは気にならなかったが、ガソリンのにおいには閉口《へいこう》した。吐《は》き気《け》がする。

吐いちゃだめだぞ、と自分に言い聞かせた。吐くなよ。どうか吐きませんように。もうがまんできない、と思ったちょうどそのとき、ドアのそばの車掌が、大声で

「ピアッサ」と言った。バスがガクンと止まり、するりと開いたドアから乗客が転がるようにおりていく。こんなところでおりるのか、と思ったら、こわくなった。アッバの言いつけを忘《わす》れてはいない。じいちゃんは年よりだ。おまけに、長いことアディスアベバには行っていない。しっかり面倒《めんどう》を見るんだぞ。

じいちゃんの面倒を見るなんて無理！　ぼくはうろたえた。自分のことだけでせいいっぱいなんだもん！　ここはどこ？　どこに行けばいいの？

でも、心配することはなかった。じいちゃんは肩《かた》かけを首に巻《ま》きつけると、さあ出発だ、という顔をした。

「そんなとこで、ぽかんとつっ立ってるんじゃない、ソロモン。こっちに来い。おまえ以外に何につかまれってのかい？　うすい空気にか？」

そう言うと、じいちゃんは、ぼくの肩に手をかけて歩き出した。人をかき分けながら進んだ。

ぼくは、今まで以上にまいっていた。足はいたいし、人や車が立てる音が耳ざわりだ。バスをおりてからも胃《い》がムカムカして吐《は》き気《け》がおさまらない。

もうすぐ着くの、じいちゃん、と聞きたかったが、そんな質問《しつもん》は子どもっぽいと思って、聞かずにがまんした。

でもやがて、肩にかけたじいちゃんの手が、ぼくの向きを変え、人でごったがえしている大通りからわき道に入った。じいちゃんが立ち止まった。

「ここなの？」

じいちゃんは答えない。見上げると、これまで見たこともない顔をしている。自信のない表情《ひょうじょう》。じいちゃんが急に小さく、年取って見えた。

ぼくたちが立っているのは、トタン塀《べい》の外だった。中のドアが開いて、男の人が出てきた。アッバと同じくらいの年に見える。

じいちゃんが咳《せき》ばらいをした。

「失礼します」

じいちゃんがふるえ声で言った。

「ウォンデュさんのお宅《たく》で？」

男の人は道にふみ出そうとしていたが、足を止め、ふりむいた。

「そうだが」

すでに夕方で、あたりはうす暗い。男の人はじいちゃんの顔をよく見ようと、体を乗りだした。

「デミッシエおじさん！　そうでしょう？」

ぼくはほっとして、足の力がぬけそうになった。じいちゃんも同じだったはず。

「ウォンデュよ、おまえなんだな？」

ふたりは手をにぎり合い、肩《かた》と肩をふれ合わせた。右の肩、左の肩、そして右の肩。

ただ、じいちゃんにはわからないことが、ほの暗い中でも、ぼくにはわかった――アッバの従兄《いとこ》は、不愉快《ふゆかい》そうな顔で、どぎまぎしている。

ぼくたちのこと、こわがってるみたい。ぼくたち、歓迎《かんげい》されてないな。

ウォンデュおじさんは、気を取り直したようで、ようやく弱々しい笑顔をうかべた。

「入ってください、おじさん」

と言って、塀《へい》の内側に入れてくれた。

「今日はどこから来たんです？　長旅だったんですか？」

「家から来たのさ」

じいちゃんが言った。

小さい土の庭を横切って家の前まで行き、ウォンデュおじさんがドアをあけた。

「道中はどうでした？　バスは混《こ》んだでしょう？　故障《こしょう》したかな？　アディスから出かけると、よくバスが止まってね」

おじさんは、ぼくたちをバカにしてる。ぼくたちのこと、何も知らない田舎者《いなかもの》だと思ってる。

「バスだと？　わしらはもちろん、歩いてきた」

じいちゃんが言った。じいちゃんのズケズケとした物言いに、ぼくはいつもおじけづいているが、このときばかりは、よくぞ言ってくれたと、うれしかった。

「おじさんたち……歩いて？」

ウォンデュおじさんは、びっくりしたらしい。

女の人が、部屋の入り口のドアのところにかかっているビーズのカーテンをわきに引いて、立っていた。細い顔に射《い》るようなまなざし。ぼくたちを見ただけで、もう警《けい》戒《かい》しはじめている。スカートにしがみついているおさない女の子をわきにおしやった。

「メセレット、覚えてるだろ、デミッシエおじさんだよ」

ウォンデュおじさんが言った。

「ひさしぶりに会えるなんて、すばらしいよな？」

まるで、ごきげんをとっているような口ぶり。

「ようこそ」

メセレットおばさんが、不承不承《ふしょうぶしょう》言った。

「それでこの子は？」

みんなの目がぼくに注がれた。ぼくは、ぼうっと立っていたが、体じゅうがカッと熱くなった。

「ソロモンだ。わしの孫」

じいちゃんが言葉少なに答えた。

「この子も、キダメから歩き通して来たのかい？」

ウォンデュおじさんは、信じられないようだった。

「もちろんだ」

じいちゃんが言った。

「男の子がこのくらいの歳《とし》になりゃ、なんてことはない。わしが十一歳《さい》のころはだな……」

じいちゃんは、長ったらしいじまん話のひとつを披露《ひろう》しはじめた。でも、ぼくの頭の中を占領《せんりょう》していたのは――いつになったら飲み物がもらえるんだろう。いつになったら食べられるのかなあ。

そして思ったとおり、一悶着《ひともんちゃく》起きた。リビングルームの裏手《うらて》の台所がそうぞうしくなり、メセレットおばさんのきつい言葉が聞こえてきた。ウォンデュおじさんに、あれこれ指図している。正直言って、ぼくはびっくりした。母さんはアッバに、あんな話し方をしたことはない。ずいぶんたって、ウォンデュおじさんが、オレンジソーダのびんを持って出てきた。（マルコスの家で炭酸《たんさん》の入った飲み物を飲んだことがあって、よかった。そうでなければ、シューシューいう泡《あわ》に、びっくりぎょうてんしたことだろう。）おじさんは、栓《せん》ぬきをいじくりながら、心配そうな顔をしている。

「もちろん、ここに泊《と》まってください」

おじさんは、おばさんをチラッと見ながら言った。おばさんが、こわばった笑顔でうなずいた。

ぼくの体の中で、緊張《きんちょう》がほぐれるのがわかった。今晩《こんばん》、どこで寝《ね》ることになるのか、こんなに心配していたなんて、自分でも気づかなかった。

やったー！　勝《か》ち誇《ほこ》った気分だ。やりぬいたぞ！　ちゃんと着いた！

その夜のことはあまり覚えていない。夕食（肉たっぷりのごちそうだった）を終えるとすぐ、猛然《もうぜん》と眠《ねむ》くなって、目をあけていられなくなったから。じいちゃんの声が聞こえた。

「二晩だけでいいんだ、ウォンデュ。明日、人に会わなければならんが、あさってには、帰るからな」

ウォンデュおじさんが、ほっとしたのがわかった。おじさんは、うわべだけとわかる口調で言った。

「好きなだけ泊まってくださいよ、おじさん。おれの家は、おじさんの家なんだから」

4

その夜は、どうにも起きていられなかった。ウォンデュおじさんが床《ゆか》に敷《し》いてくれたマットに横になったときには、もう眠っていたような気がする。

ウォンデュおじさんの家は、どの部屋も家具がところせましと置かれている。よほど注意して歩かないと、物にぶつかってしまう。ぼくの家にある家具といえば、腰《こし》かけが二つだけだ。

ギギー、ガチャンという耳ざわりな音で、ようやく目が覚めた。目をあけて、ギョッとした。明るすぎる！　見なれない部屋のガラスの窓《まど》から、まばゆい光が差しこんでいる。

ぼくは起き上がった。じいちゃんの寝床《ねどこ》は、もぬけの殻《から》。ガチャンという音は、じいちゃんが金属《きんぞく》のドアをあけて部屋の外に出るときの音だったんだ。ぼくは立ち上がったものの、うめき声をあげた。どこもかしこもこわばっていて、足もいたい。

ウォンデュおじさんとじいちゃんは、テーブルについていた。じいちゃんはグラスに入ったお茶を飲んでいる。前の晩《ばん》に見た女の子が口をポカンとあけて、じいちゃんを見つめている。フリルがたくさんついたピンク色のドレスなんか着ちゃって。コンジットに見せてやりたい。きっと目の玉が飛び出しそうな顔をするぞ。

じいちゃんが咳《せき》ばらいした拍子《ひょうし》に、女の子が驚《おどろ》いて飛びのいた。

「おじさんに、朝のあいさつをしなくちゃな」

ウォンデュおじさんが女の子の背中《せなか》をおしながら、きげんのよい声で言った。

女の子はあいさつする気などなかった。大きなベッドがある部屋にかけこんで、ドアをバタンと閉《し》めた。

「あいつが、我《わ》が家《や》の女王様ですよ」

ウォンデュおじさんが子煩悩《こぼんのう》まるだしの笑顔で言った。

ぼくは、じいちゃんの顔を見た。じいちゃんが、そんな言いわけを許《ゆる》すわけがない。子どもに礼儀《れいぎ》を教えるのに早すぎることはない、というのがじいちゃんの考えなのだ。

いやな顔をするんだろうなと思ったが、じいちゃんは女の子のことなど気づいてもいないようだ。体調が悪いのだ。顔が青ざめ、目が落ちくぼんでいる。

ウォンデュおじさんも、それに気づいていた。

「おじさん、休んだほうがいいですよ。一日、ゆっくりしてください。用事は明日にのばせばいい」

じいちゃんは、思ったとおり、首を横にふった。

「気をつかわんでくれ」

じいちゃんは腹《はら》を立てている。

「わしは、どこも悪くない」

じいちゃんは肩《かた》かけの下をまさぐって、小さく丸めた、くしゃくしゃの紙を取り出した。

「これを見てくれ、ウォンデュ。〈菓子店《かしてん》ハピネス〉。どうやっていけばいい？」

ウォンデュおじさんが、顔を引きつらせた。くちびるをかんで、メセレットおばさんを横目でちらりと見た。おばさんは、肩をすくめて茫然《ぼうぜん》とおじさんを見つめかえした。

「おじさんは、ケーキが食べたいってわけだな?」

ウォンデュおじさんは、ぼくたちの方に向き直り、なんとか気をとりなおして言った。

「それなら、町をさまよわなくていい。メセレットが買ってきますよ」

おじさんは、ロールパンの皿を、じいちゃんに差し出した。

「朝飯を食べてください。きみもだ、ソロモン。ほら、ハチミツもある。うまいよ。最高級品だから」

おじさんは、子どもをなだめるような調子で言った。ぼくはむかついた。でもじいちゃんは、そしらぬ顔で手をふった。ハエをたたき落とせるほどのいきおいで。

「ウォンデュ、おまえが場所を知らんのなら、別の人に聞くからいい」

洋菓子店《ようがしてん》ハピネスのことは、ぼくには何が何だかさっぱりわからない。ただただ、テーブルの上の皿いっぱいのロールパンに、目が吸《す》いよせられている。真っ白なパン! こんなパン、食べたことがない。自分から手をのばすのははずかしくて、もじもじしていると、じいちゃんが、にべもなく言った。

「早く食べてしまえ、ソロモン。もう行かねばならん」

ウォンデュおじさんは、さっきからくちびるをかんでいる。

「おれに手伝わせてくれませんか、おじさん？」

ウォンデュおじさんが、いやに晴れやかな笑顔で言った。

「おれが、おじさんのかわりに、その菓子屋を探《さが》してきますよ。同じアディスの町でも、向こう側で、遠いかもしれない。一日じゅう探し回ったら、おじさん、倒《たお》れちまいますよ。おれが探し出して、おじさんに場所を教えます。そうだ、会いたい人がそこにいるなら、伝言をあずかっていってもいい」

ウォンデュおじさんは、何かをたくらんでいる。あまりにも熱心すぎる。こういう表情《ひょうじょう》は、前にも見たことがある。マルコスがこんな顔をしていた。本当は校庭でボールを追いかけまわして遊ぼうとしているのに、校庭の木の下でぼくといっしょに宿題をすると、お父さんに言ったときの顔だ。

おじさんは、じいちゃんが疲《つか》れるのを心配しているわけではないぞ。ぼくたちが、その菓子《かし》屋を見つけたら困《こま》るのだ。それにしても、なぜ？

ぼくは、じいちゃんの肘《ひじ》をこづきたかった。でも、そんな必要はなかった。じいちゃんは、ウォンデュおじさんみたいに都会風のぬけ目のない人間ではないが、おいそれとだまされる人でもない。そのことを、ぼくはいやというほど知っている。

「親切にありがとうよ」

じいちゃんは、喜んでいるそぶりでうなずきながら言った。

「だが、おまえは仕事があるじゃろが。もどったらまた話そう。行こう、ソロモン。それとも、そうやって一日じゅう、口いっぱいにほおばりつづけるつもりかい？」

ウォンデュおじさんは、まいったな、という顔でメセレットおばさんを見やった。

すると、おばさんが言った。

「今日、町に出ていくなんて、無茶ですよ。午前中にオリンピック選手が空港に着くんです。道路は人でごったがえします。優勝《ゆうしょう》パレードが町中を練り歩くんですから。とても目的地には行き着けませんよ」

ウォンデュおじさんも、この意見に飛びついた。

「メセレットの言うとおりだ。おれたち、一日じゅう、心配してなくちゃならない、おじさんが、こんな日に外出したら」

　そんなことを言ってもむだだと、言ってやりたかった。じいちゃんは、やりたいと言い出したら、人の話なんて聞かない。それに今回だけは、ぼくもじいちゃんの味方だ。優勝パレードだって！　パレードを見られるかもしれない。選手をこの目で見られるかも！　もしそんなことになったら、キダメじゅうの人がうらやましがって死んじまうぞ。

　それから間もなく、ぼくたちは外に出た。戸口を出るときもまだ、ウォンデュおじさんは、引きとめようとしていたが、じいちゃんは、見向きもしなかった。ぼくの足はきのうと同じようにいたかった。腿《もも》のほうまで、足全体がいたい。でも、ウォンデュおじさんの家のそばのわき道から大通りに出たとたん、いたいことなんか忘《わす》れてしまった。

　まわりをキョロキョロするのにいそがしい。自動車、ビル、人。やかましい音にも面食らう。鳴りひびく警笛《けいてき》、ガタガタ通り過ぎるトラック、大声で話す人の声。ウォンデュおじさんの言ったとおりだ。道路はきのうよりずっと混《こ》み合《あ》っている。みんな、パレードがやって来るのを待ってるのだ。

ふいに、じいちゃんがいなくなった。一瞬《いっしゅん》、たいへんなことになったと、すくみあがったが、すぐに少女たちの一団《だん》が左右に分かれ、じいちゃんの白髪頭《しらがあたま》が見えた。急がず、落ち着いて歩いている。ぼくはじいちゃんにかけよった。手をつなぎたい衝動《しょうどう》にかられたが、もちろん、そんな子どもっぽいことはしない。

「じいちゃん、おれたち、どこに行くわけ?」

と、ぼくは聞いた。

「目的の場所、どうやって見つけるつもり?」

じいちゃんはもともと、質問《しつもん》されるのが好きではないから、あれこれ聞いてわずらわせないほうがよかったかも。どうせ答えてはくれないんだから。じいちゃんは答えるかわりに、小さな店の方に歩いていった。ガラスがはまった大きなショーウィンドウのおしゃれな店ではなく、ぼくたちみたいに田舎《いなか》から都会にまよいこんできたような、ちっぽけな店だ。

店の外のベンチに、年とった男の人が座《すわ》っている。朝の陽ざしをあびて、ぬくぬくと気持ちよさそうだ。じいちゃんは、そのお年よりのそばまで行くと、そっと頭を下げた。お年よりが目を上げた。

言うまでもなく、ずいぶん時間がかかった。老人ふたりが出会ったときの、お決まりのパターン。あいさつの言葉をたくさんならべ、自己紹介《しょうかい》し合って、それからあれこれ説明がつづいて――いつまでも終わりそうにない。じいちゃんは、お年よりといっしょにベンチに座りこみ、アディスアベバの道路状況《じょうきょう》について、話しはじめた。一日じゅう、ここにいるんだろうか。

そうしてようやく、じいちゃんが本題を持ち出した。

「洋菓子店《ようがしてん》ハピネス？」

お年よりが言った。じいちゃんのくしゃくしゃになった紙に目をぐっと近づけている。

「ああ、わかった。すぐ近くじゃ。甥《おい》っ子《こ》に道案内させるから」

お年よりはうしろを向いて、あけ放った店に向かって大声を出した。

「ケベデ！　どこに行った、いたずらっ子め。こっちにおいで！」

少年が出てきた。ぼくと同じくらいの歳《とし》に見える。

「こちらの紳士《しんし》を洋菓子店《ようがしてん》ハピネスに連れて行ってさしあげろ」

お年よりが命じた。

「案内が終わったら、すぐもどってくるんだぞ」

「わかった、おじさん」

と少年は言ったが、ぼくの視線《しせん》に気づくと、してやったり、という顔でにやりとした。

ぼくは吹《ふ》き出《だ》しそうになった。ぼくたちに道を教えたら、どこかに遊びに行く気だ——そうに決まってる。

ケベデのような、かっこいい子と歩くのは、気が引ける。靴《くつ》をはいているし、新品に見える短パンだし。でも、とても気さくな子で、ぼくはすぐ好きになった。

「パレード、ここにも来るの？　オリンピック選手たち？」

「もちろん。だから、みんな待ってるんじゃないか」

ぼくはまだ信じられない。あの選手たちをこの目で見られるなんて。デラルツ・ツルとハイレ・ゲブレセラシエは、うんと小さいときからずっと、ぼくのヒーローだ。ふたりとも、ぼくから見れば神様、この世の人とは思えない。そんな人たちを目の前で見られるなんて、どんなすごい夢《ゆめ》の中だって、考えたこともない。

「ここさ」

　とつぜん、ケベデが言った。

「洋菓子店ハピネス」

あのお年よりが言ったとおりだ。あっという間に着いた。

「役に立つ子だ」

じいちゃんはこう言って、ポケットを探《さぐ》って小銭《こぜに》を取り出し、ケベデにわたした。

「早く店に帰れ」

ケベデはていねいにお礼を言うと、ぼくにウィンクして立ち去った。

店の入り口の上を見上げると、大きな看板《かんばん》に〈ハピネス〉と書いてあった。これなら遠くからでも見える、右からも、左からも。

ウォンデュおじさんはまちがいなく、この店を知ってるんだよな。おじさん、何をたくらんでるんだろう?

5

洋菓子店《ようがしてん》。考えただけで、胸《むね》がドキドキする。キダメには、洋菓子店なんてないから。でも、あまーいケーキのことなら、知っている。マルコスのおじさんがマルコスの家に来たとき、ケーキをおみやげに持ってきたから。マルコスも、あんなおいしいケーキを食べたのは生まれてはじめてだって。ちょっと歯にくっつくけど、それがまたいいんだよ、と言っていた。じいちゃん、ぼくにケーキ買ってくんないかな、なんて思うほど、ぼくは身のほど知らずじゃないけれど、心のかたすみで、もしかしてと、はかない期待をかけちゃった。

実際《じっさい》は、ドアの向こうをちゃんと見る余裕《よゆう》もなかった。チラッと見えたのはピカピカの床《ゆか》と、金属《きんぞく》のテーブルと椅子《いす》、それにガラスのカウンターで、カウンターの下には、黄色や茶色や白のケーキが、いっぱいならんでいた。

じいちゃんが訪《たず》ねたかったのは、洋菓子店《ようがしてん》ハピネスではなく、そのとなりの背《せ》の高い建物だった。一階に小さい店がいくつか入っている四階建てのビルだ。じいちゃんが、横のドアをおしあけて、ゆっくり階段《かいだん》をのぼりはじめた。うしろでドアが閉《し》まる音がしたとたん、今だから言うけど、ぼくは身も心もコチコチになった。こういうところに来るのははじめてなのだ。実は、階段にも慣《な》れていなかった。キダメでは、学校だって平屋造《ひらやづく》りだもの。

じいちゃんが、ゆっくりゆっくりのぼっていくうしろから、ぼくも一歩ずつのぼった。どの踊《おど》り場《ば》にも、右と左にドアがある。じいちゃんは足を止め、あえぎながら、ドアの表札《ひょうさつ》を指さし、ぼくに声を出して読んでくれと言った。表札はどれも、英語なのだ。じいちゃんは、アムハラ語なら少しは読めるのだが英語は読めない。

「ブルーナイル保険《ほけん》会社」

ぼくが読みあげていく。

「ギオン貿易《ぼうえき》。ライオン通商」

いずれにも、じいちゃんは首を横にふり、ため息をついて、とぼとぼとのぼっていく。

「エチオピア・スポーツ社」と書いてあるドアにたどり着き、ぼくが声を出して読んだとき、じいちゃんは、やったぞというようにうなり声をあげ、そのまま大きく咳《せき》こんだ。ちなみに、ぼくたちがのぼってきたのは、六十七段。

ぼくがのぞきこんでみると、手すりにしがみついているじいちゃんの顔が、また土《つち》気色《けいろ》になっていた。ぼくにできることは何もない。じいちゃんの荒《あら》い息がおさまるのを、待つしかない。

「じいちゃん、咳は止まった？　だいじょうぶ？」

じいちゃんは何も答えなかったが、ぼくの肩《かた》に手をのばしてよりかかりながら、二、三歩、ドアに歩みよった。ドアに手をかけようとしたとき、ドアが開き、赤い服を着た若《わか》くてきれいな女の人が、走り出てきた。肩にかけたハンドバッグをゆらしながら、ハイヒールの靴音《くつおと》をひびかせ、階段をおりていく。その人に、チラッと見られただけで、なんだか虫けらになったような気がした。はだしの足、しわだらけのシャツ、着古した短パン。みじめな身なりが、はずかしい。

じいちゃんもぼくの気持ちを察したんだろう。ぼくの肘《ひじ》をギュッとつかんで言った。

「ソロモン、いかにも都会の娘《むすめ》だな？　みんな、女王様を気どりおって」

それから、じいちゃんは胸《むね》を張《は》って、ぼくを事務所《じむしょ》の中に連れて入った。

じいちゃんが自己紹介《しょうかい》に手間取っているあいだ、デスクの向こうに座《すわ》っている五人が、ぼくたちをじろじろと見ては眉《まゆ》をひそめるので、いたたまれなかった。書類の束《たば》を読んでいる人、キーボードをカタカタとたたいている人、パソコンの画面を見つめている人、電話をしている人。そうこうするうちに、じいちゃんが、ようやくアレムさんという名前を口にした。それでやっと、部屋のすみのベンチに行けと、手で示《しめ》された。

じいちゃんがいったい何をしたいのか、ぼくには、まださっぱりわからない。どうしてこんなところにやってきたんだろう。ベンチに座ったまま、長いこと待たされているうちに、そもそもじいちゃんに、まともな考えがあるんだろうかと心配になった。老人は、よく物事をごっちゃにする。ぼくたち、とんでもない理由で、アディスまで来ちゃったのかもしれない。

でも、このしたたか者のじいちゃんをもっと信じるべきだった。ようやく、部屋のはしのドアが開き、男の人が出てきた。男の人は、にこりともせず、ぼくたちを見た。警戒《けいかい》しているような顔だ。やっかいな来客ではないかと心配しているらしい。今にして思えば、アッバやウォンデュおじさんと同じくらいの歳《とし》なのだが、そのときは、もっとずっと若《わか》く見えて、似《に》ているところなど、どこにもなかった。真っ白なシャツに青いネクタイ、みがきあげたピカピカの靴《くつ》。手もスベスベしていて、アッバの強くて、ごつごつした働き者の手とは、ぜんぜんちがう。大きな金の指輪まではめている。シャツの袖口《そでぐち》から、銀色の時計が見える。

「あなたがデミッシエさんだって？」

男の人がふきげんそうな顔で言った。それからぼくを見おろした。

「この子は、道案内だな？　もう行っていいぞ」

男の人はコインを出そうとポケットに手をつっこんだ。

じいちゃんは、まだベンチから立てなくて苦労《くろう》していたが、いらだたしげな声で言った。

「これは、わしの孫のソロモンじゃ」

じいちゃんが息をはずませながら言った。

「あんたがアレムさんか、ペトロスの息子《むすこ》の？」

男の人は、さらにふきげんそうな表情《ひょうじょう》をうかべ、ブスッとしてうなずいた。

「わたしのオフィスで話そう」

男の人がぼくたちを連れて部屋を横切り、ドアの中に消えるまで、デスクの向こうの人たちはみんな、興味津々《きょうみしんしん》という顔で、ぼくたちを目で追った。部屋に入ると、男の人がぼくたちのうしろでドアを閉《し》めた。

6

部屋の一方の壁《かべ》近くに、小ぶりのテーブルと、それを囲んで三脚《きゃく》の肘《ひじ》かけ椅子《いす》が置いてある。ぼくはかしこまって、椅子に浅《あさ》く腰《こし》をおろした。椅子をよごしたらたいへんだ。アレムさんが手をのばして、デスクの上のボタンをおすと、すぐに、部屋の外の事務室《じむしつ》にいるかっこいい女の人が入ってきた。

「ソフトドリンクとコーヒー」

アレムさんが、女の人を見もしないで言った。アレムさんは、じいちゃんをまじまじと見つめている。ずいぶん失礼な態度《たいど》だ。じいちゃん、おこりだすかもしれないぞ。

「あなたは〈ハヤブサ〉ってことになる」

アレムさんが言った。

すると、じいちゃんは椅子の上で急に肩《かた》の力をぬいて、ぼくが見たこともない晴ればれとした笑顔になった。

「軍隊時代の、わしのニックネームじゃ。あんたのおやじさんは〈弾丸《だんがん》〉でね」

アレムさんの顔が一変した。探《さぐ》るような顔つきが消えて、うれしさをおさえきれない表情《ひょうじょう》になった。椅子《いす》の上で飛び上がりそうな、喜びようだ。

「やあ〜、あなたが〈ハヤブサ〉さんなんだ！　これで疑《うたが》う余地《よち》なし！　おやじのニックネームをごぞんじなんだから。わたしはてっきり、あなたが……いやいや、お会いできてうれしいかぎりですよ、デミッシエさん。ついにお会いできて光栄です。あなたと、おやじ！　皇帝陛下《こうていへいか》の護衛兵《ごえいへい》の中で、とびきり足が速かったふたり！　いや、全エチオピア軍の中でとびきり！　よく来てくださった。感謝《かんしゃ》の言葉もありません」

ぼくは、ふたりの顔を交互《こうご》に見比《みくら》べた。〈ハヤブサ〉だって？　〈弾丸〉？　いったい何がどうなってるの？

アレムさんが、ぼくの気持ちを察してくれたらしい。

「知らなかっただろう、きみのおじいさん、そのむかし、有名なランナーだったんだぞ」

そう言って、体を乗り出し、ぼくの肩《かた》をたたいた。

ぼくは照《て》れくさくなって、首をふった。

「それだけじゃない、皇帝の護衛兵の中で、選《え》りぬきの兵隊だったことも、知らないだろう？」

皇帝のことは、もちろん聞いたことがある。ハイレ・セラシエだ。今でもみんなに、「陛下」と呼《よ》ばれている。何年も何年も長いこと、エチオピアを治めていたけれど、革命《かくめい》が起きて、ほっぽりだされた王様。アッバが生まれるより前の話だ。ハイレ・セラシエは革命軍に殺され、大勢《おおぜい》の人が一網打尽《いちもうだじん》に殺された。エチオピアの恐怖《きょうふ》の時代。みんな、そのころのことは話したがらない。おそろしい時代が終わってよかった、としか言わない。

「そうなんだよ」

アレムさんはまだ話しつづけている。

「〈弾丸〉と〈ハヤブサ〉。わたしのおやじと、きみのおじいさん。軍隊の中で一番足の速い兵隊だったんだ」

アレムさんが、じいちゃんの方に向き直った。

「わたしに会いに来てくださったとは、うれしいかぎりですよ、デミッシエさん！　それにしても、よくわたしを見つけましたね」

じいちゃんは、悲しそうに首をふった。

「あんたのおやじさんが亡《な》くなったって、聞いたもんだから。なんとも残念だ」

アレムさんの笑顔が消えた。

「急なことでした。病気になって、たったの一週間で。できるかぎりのことをしたんですがね。医者も、薬も……」

「そうでしょうとも」

じいちゃんは、これまで見たこともないほど、悲しい顔をした。

「〈弾丸《だんがん》〉がねえ。あの〈弾丸〉が……」

じいちゃんの声が消え入りそうになった。

「それにしても、どうやって？」

アレムさんがやさしく、じいちゃんをうながした。

じいちゃんは咳《せき》ばらいをした。

「あんたのおやじさんから手紙をもらったんだよ。去年、大雨の季節になる前に。あいつも、もちろん、わしの居場所《いばしょ》をつきとめる手だてがなかったんだ。でも、友だちを通して、わしに手紙をくれてね。わしを見つけ出しても、もう危険《きけん》はないと思ったんだろうな。こんなに時間がたったんだから。手紙は人から人へと手わたされ、最後にキダメの人間が、わしのところに届《とど》けてくれた。それが三週間前のことで。その人に言われたよ。間に合わなかったな、あいつは死んでしまったってね。その人が、あんたがいる場所を教えてくれたってわけだ」

事務室《じむしつ》の女の人が、トレーに飲み物をのせて入ってきた。テーブルにトレーを置くとき、ぼくの方を見て、にっこりした。

ころっと変わったな。ぼくは勝《か》ち誇《ほこ》った気分だった。さっき、ぼくたちがオフィスの外にいたときは、物乞《ものご》いを見るみたいに迷惑《めいわく》そうな顔をしてたくせに。それが今は、社長が丁重《ていちょう》にもてなすお客とわかって、がらりと態度《たいど》を変えた。

じいちゃんがトレーからコーヒーのグラスを取ったので、ぼくも思い切って、オレンジソーダのびんに手をのばした。アレムさんは、もっと話を聞きたいと目を輝《かがや》かせながら、前に乗り出した。

「あなたとおやじは、どのくらい監獄《かんごく》に入っていたんですか？　おやじは何も話してくれなくて」

じいちゃんが監獄に？　考えただけで、頭がくらくらする。

「五年間だ」

じいちゃんが言った。

「正確《せいかく》には六年近く。ひどい目にあったよ。食いものはくれないし、なぐられるし……」

「おやじは、ほとんど何も話してくれませんでした。あなたに、命を救われたってこと以外は」

じいちゃんはコーヒーを飲みほした。

「わしにかぎらず、だれだって同じことをしたはずじゃ」

「おやじは、そうは言ってなかった。おやじを殺そうとした看守《かんしゅ》に、あなたがいどみかかったと言ってました。あなたがなぐり倒《たお》したって。あなたはつかまったら、死刑《しけい》になったはずだって」

じいちゃんの表情《ひょうじょう》が、ゆっくりと笑顔になった。

「たしかに。でも、わしはつかまらなかった、このとおり」

アレムさんは椅子《いす》に深々と座《すわ》りなおし、うれしそうに手をたたいた。

「あなたは、本当に逃《に》げおおせたんですね。おやじが言ったとおりだ。あなたは走っているトラックの荷台から、全速力で走っている馬に飛びうつって逃げたって」

ぼくは口をポカンとあけていた。こんな話は何も聞いてない。こんなことがあったなんて、想像《そうぞう》したこともない。

「まあまあ」

じいちゃんは声を立てて笑いながら言った。

「馬は全速力で走ってたわけじゃないのさ。速歩ってとこだな。それに、トラックも徐行《じょこう》してたし」

「わたしに何もかも話してくださいい、デミッシエさん、お願いします」

アレムさんがたのんだ。

「その話、はじめから終わりまで、ずっと聞きたいと思ってたんですから」

じいちゃんは肩《かた》かけをかけなおし、咳《せき》ばらいをした。ぼくは、うれしくなって、心の中で、じいちゃん、すごい、と思った。

「どうってことない話だよ」

じいちゃんが話しはじめた。

「あんたのおやじさんとわしは、革命《かくめい》がはじまるとすぐに、逮捕《たいほ》されちまった。わしらはずっと、陛下《へいか》の護衛兵《ごえいへい》をしていたんでね。皇帝《こうてい》に忠実《ちゅうじつ》な人間とみなされたわけだ。はじめは、アディスの監獄《かんごく》にぶちこまれた。そりゃあひどいところで……でも」

じいちゃんは肩をすくめた。

「わしらはふたりとも、生きのびた。大勢《おおぜい》が死んでいったのに。ところが〈弾丸《だんがん》〉、つまりあんたのおやじさんは、不運だった。看守《かんしゅ》のひとりににらまれてねえ。特別な理由もなく、ひとりだけ目をつけられちまったのさ。その看守はひどいヤツでね。情《なさ》けも何もあったもんじゃない。弱い者いじめをする最低のヤツだった。どれほどひどい目にあったか、あんたのおやじさんが、何も話さなかったのなら、わしも、これ以上は話さんでおこう。

結局、わしらはアディスから、田舎《いなか》のキャンプにうつされることになった。キャンプでは、毎朝トラックにつめこまれて、石切り場に連れていかれてね。使い物にならないハンマーで、石をたたきこわすのが仕事だった。夕方になると、疲《つか》れと飢《う》えでへとへとになったわしらを、またトラックでキャンプに連れ帰る。

ある日、悲惨《ひさん》な一日が終わってキャンプに帰るとちゅうで、事件《じけん》が起きた。何があったのかわからんが、たぶん、〈弾丸〉が何か言ったか笑ったか――したんだろう。とにかく、例《れい》の看守がブチ切れてね。〈弾丸〉をつるしあげにかかったんだ。残忍《ざんにん》ないじめだった。〈弾丸〉が、絞《し》め殺《ころ》されるんじゃないかと思ったよ。ふと足もとを見ると、トラックの床《ゆか》にハンマーが落ちてた。わしはそれを拾って、看守の頭をなぐりつけてやった。看守は、石みたいに倒《たお》れやがった。わしは、看守を殺しちまったんだ。すぐに逃《に》げるしかないわな」

「あなたは看守を殺しちゃいませんよ」

アレムさんが言った。

「頭蓋骨《ずがいこつ》にひびが入ったけど、看守《かんしゅ》は生きてたんですよ。完全に回復《かいふく》することはありませんでしたが。少なくとも、それ以後二度と再《ふた》び、だれかをいためつけることはありませんでした」

今度はじいちゃんが、アレムさんをまじまじと見つめる番だった。しばらくして、じいちゃんが咳《せき》ばらいをして口を開いた。

「ありがとうなあ。あんたのおかげで、心にのしかかっていた大きな悩《なや》みから救われたよ。わしは長いこと、自分は人殺しだと思いこんでいたからねえ」

ぼくは、話のつづきを聞きたくてうずうずしていた。でも、口を開く勇気がなかった。ありがたいことに、アレムさんがかわりに聞いてくれた。

「それから?」

「うむ」

じいちゃんが言った。

「幸い、わしはトラックの荷台の、あおり板のすぐわきにおってな。別の看守につか

まる前に、あおり板にまたがった。そこへ馬が——わしの命を救うために神様がよこしてくださった馬が——トラックのエンジン音に驚《おどろ》いたんじゃろな、農夫がにぎっていた手綱《たづな》を引きちぎったんだ。馬の背《せ》がトラックのあおり板のすぐ下にきたんで、そこに飛びうつったというわけだ。そりゃもちろん、落っこちそうになったがね。馬はかわいそうに、よほど驚いたんじゃろ、稲妻《いなずま》のようにかけ出した。来た道と反対向きの、田舎《いなか》の方に進路を取って疾走《しっそう》した。トラックからじゅうぶん離《はな》れたところで、わしは馬の背からすべりおり、そこからは自分の足で走ることにした。走りに走ったよ。はるかうしろの方で、さけび声や銃声《じゅうせい》がしてたがね。追いつかれずにすんだ。わしは家族の農場を目指して長い道のりを歩きはじめた。何週間も何週間も、ずっと身をかくしながら歩き通したんだ。家に着いたときは、ひもじいのなんの、死にそうだったな。だが家族が介抱《かいほう》してくれてね。さしあたっての危険《きけん》が去るまで、かくまってくれた。わしは家でじっとしていた。何があったのか、だれにも話さずに、我《わ》が国《くに》の悪夢《あくむ》が去って、堂々と歩けるときがくるまで、警戒《けいかい》をおこたらずに過ごしたのさ。これが、話の一部始終だ、アレムさん。そういう事件《じけん》だったんだよ」

7

　そのあとのふたりの会話は、聞いていなかった。じいちゃんが、あの事件のあと、〈弾丸《だんがん》〉がどんな一生を過ごしたのか、どうして亡《な》くなったのかなど、事細かに質問《しつもん》していた。ぼくは、今聞いた話を理解《りかい》するのに手間取っていた。

　ぼくの知っているじいちゃんは、ぼくたちの家にいて、農場の仕事をときどき手伝ったりしながら、たいていはドアの外の切《き》り株《かぶ》に座《すわ》って、田舎の景色をながめている。週に一度くらい、歩いてキダメに行き、二、三時間、老人たちと話しこむ。そうやって、うわさや新しい話を仕入れてくる。でも、だれかがじいちゃんを訪《たず》ねてきたことは一度もない。

　キダメみたいに小さい町では、だれもがたがいに、ほかの人のことを知っている。じいちゃんはむかしの出来事を、だれにも話さず、胸《むね》のうちにしまいこんでいたにちがいない。だれかひとりでも知ったら、町じゅうに広がり、そうすれば、ぼくの耳にも入っていたはずだから。

じいちゃんは、どんな若者《わかもの》だったんだろう。ぼくに似《に》ていたかな。護衛兵《ごえいへい》の制服《せいふく》を着たら、きっと立派《りっぱ》だったろうな。信じられないほど強くて勇敢《ゆうかん》だったはず。だって、労働キャンプで生きのびたんだし、トラックから馬の背中《せなか》に飛び乗って、家に帰れたんだもの。

看守《かんしゅ》に歯向かったって聞いても、ぼくは驚《おどろ》かない。じいちゃんは癇癪《かんしゃく》もちだから、家でも、ささいなことで、しょっちゅうおこりだす。ぼくも、生意気言うなといって、よくなぐられる。

ぼくが一番驚いたのは、じいちゃんに友だちがいたこと。しかも親友がいたなんて。自分の命を投げ出しても守ろうとした親友。じいちゃんに、そんなやさしいところがあるなんて、考えたこともなかった。

「何？　なんだって？」

ぼくは、ハッとして頭を上げた。さっきから、話を聞いていなかったが、じいちゃんが甲高《かんだか》い声を出したので、我《われ》にかえった。

「わしの甥《おい》っ子《こ》のウォンデュがここに来たって？　嫁《よめ》さんといっしょに？　あんたに会いに来たのかね？」

「そうです」

アレムさんがうなずいた。

「ちょっと妙《みょう》だなと思いました。おかしなことがありまして……。実はですね、あなたが去年、亡《な》くなったって言うんですよ」

じいちゃんが、うなり声をあげた。

「あいつ！　陰険《いんけん》なヤツめ。そういう男なんじゃよ。ずるがしこいおやじにそっくりだわい。わしの実の兄貴《あにき》は、まったく信用のならん男でな。まあ、兄貴はもう死んじまった。神様が安らかに眠《ねむ》らせてくだされはいいが。それはそうと、わしは、このとおり正真正銘《しょうしんしょうめい》、生きておる。わしが死んだなんて、ウォンデュのヤツ、どういうつもりなんだ。あんたに何を言ってきたのかね？」

「いやいや」

アレムさんが言葉を選びながら言った。

「余計《よけい》なことを言ってしまったかなあ。ウォンデュとはむかしからちょっとした知り合いなんですよ。同じころ、ビジネススクールに通っていた仲で。数週間前のあるパーティーで、ウォンデュがキダメ出身だと口走ったんです。わたしはおやじから、あなたがそのあたりの方だと聞いていたもんで、ウォンデュに、あなたのことを知っているか聞いてみたんですよ。そうしたら、『年よりのデミッシエのことかい？　ああ、あれはぼくの叔父《おじ》だ』って。

わたしは、実はあなたのことを探《さが》しているんだと打ち明けました。あなたは、おやじの親友で、おやじは死ぬ前に、あなたにわたしてほしいと言って、あるものをわたしに託《たく》していったと。とても価値《かち》のある〈ハヤブサ〉の持ち物だからって。わたしはウォンデュに、おやじはそれをずっと持っていて、〈ハヤブサ〉に返したがっていたと話しました」

じいちゃんは、満足そうにうなずいた。ずっと願っていたことが、ようやくかなったという顔で。

「やがてパーティーが終わるころ」

と、アレムさんがつづけた。

「玄関《げんかん》で、帰ろうとしているウォンデュと奥《おく》さんに会いました。奥さんは、とびきりの笑顔でわたしを見上げて、こんなことを言いました。『ウォンデュから、とってもいい話を聞いたわよ。あなた、おじさんから、家族の宝物《たからもの》をあずかってるんですってね』

バカに熱心でねえ。いっしょうけんめい、わたしの気を引こうとしていましたが、わたしはだまされませんでした。あれは、すみに置けない女です、まちがいありません。気の毒なウォンデュなんか、足もとにもおよびません。

『単なる思い出の品ですよ』と、わたしは言ってやりました。『でも、ウォンデュがおじさんの居場所《いばしょ》を知っているなら、その人に送ってあげたい』とね。ちょうどそのとき、帰ろうとする人たちがうしろからドヤドヤやってきたんで、我々《われわれ》の輪はばらけて、別々に帰途《きと》についたんですよ」

ぼくは、話を聞けば聞くほど、わからなくなった。話の筋《すじ》がどうにもたぐれない。

アレムさんが言っているなぞめいた物って、なんだろう。宝物《たからもの》っぽいもの？　現金《げんきん》？　金がザクザク？　想像《そうぞう》が、みるみるふくらむ。ぼくたち、金持ちになるってこと？

「あいつが実行したかどうか、わしはずっと考えておったんじゃよ」

じいちゃんは満面の笑顔だ。

「あいつ、わしに万一のことがあったら、やってみようと約束してくれてね。それにしても、わしが埋《う》めたところから、どれほどたいへんな思いをして掘《ほ》り出《だ》したことか。捕虜《ほりょ》収容所からこっそり持ち出して、それをずっとかかえこんでくれていたとはねえ。見つかったら、どんな目にあうか、あいつにはわかっていたはずなのに」

「おやじは実行したんです」

アレムさんが言った。

「あなたのために、そうしなけりゃならんのだって。どれほど大切なものかも、わかってましたしね。それに、あなたは、おやじの命の恩人《おんじん》ですから」

「ねえ、教えてよ！　それって、なんなの？　いったい、なんの話をしてるの？」

ぼくは、もう黙《だま》っていられなくなった。でも、聞かずにがまんしていても、同じだった。だって、ぼくの質問《しつもん》はふたりに無視《むし》されたから。じいちゃんの顔は、いかりでどす黒くなっている。

「それで、ウォンデュとメセレットが、あんたに会いに来たわけだな」

と、じいちゃんが言った。

「理由は想像がつく。あいつらは、わしのおやじの家宝《かほう》を手に入れたかったんじゃよ。家宝のことは、兄貴《あにき》から聞いたんじゃろ。おやじが家宝をわしにくれたって、兄貴はしょっちゅう、おこってたからな」

「ふたりがここに来たのは、先週です」

アレムさんが言った。

「ウォンデュは、叔父《おじ》のデミッシエが亡《な》くなったので、なんであれ、わたしが持っているものをわたしてくれ。そうすれば、従兄《いとこ》、つまりデミッシエ叔父の息子《むすこ》の手にわたると言《い》い張《は》って。その時点で、わたしはウォンデュの様子がおかしいと気づきました。少しもうれしそうではないし、奥《おく》さんのメセレットがはじめから終わりまで、ウォンデュの言葉をさえぎっては、口をはさんできましたしね」

「でも、ウォンデュおじさんには、何もわたさなかったんでしょう?」

ぼくが話に割《わ》って入った。

「ウォンデュおじさんのこと、信用してなかったんだから」

今度は、ふたりともぼくの方を向いた。ふたりとも、ぼくがいることを忘《わす》れてたんだと思う。

「察しのいい子だね、ソロモン」

アレムさんが笑いながら言った。

「もちろん、わたさなかったさ。時間ができ次第、自分でキダメに行って、〈ハヤブサ〉さんの家族を訪《たず》ねるつもりだったからね」

じいちゃんは、ウォンデュおじさんの件《けん》はもう頭から追いはらったようで、しきりに首をふって、驚《おどろ》いたり感心したりしていた。

「そうか、〈弾丸《だんがん》〉がわしのために、あれを持っていてくれたとはなあ。あいつは手紙で、何やらわしにわたすものがあると、ほのめかしてはいたが。おそらく、あいつは自分がもう長くはないと知って、死ぬ前にわしにわたしたかったんじゃろなあ。なんという男だ。あいつのような人間は、この先二度と、現《あらわ》れんだろうねえ」

アレムさんが立ち上がって、デスクの向こうにまわった。

「ここにしまってあるんですよ。今ここで、おわたししましょう」

8

とうとう、その瞬間《しゅんかん》が来たのだ。アレムさんがデスクの引き出しをあけ、ぼろぼろの小さな箱を取り出した。マッチ箱くらいの大きさだ。アレムさんは、その箱をじいちゃんの両手ににぎらせた。

ぼくは、息もできないくらいドキドキした。じいちゃんが箱をあけるのが待ちきれない。早く見たいよ、何が入っているのか。

でもじいちゃんは、そっとふっただけで、箱をじっと持ったまま、しばらくのあいだ顔をゆがめていた。

「そうさな」

じいちゃんが言った。

「そうさな、長いこと待ちに待って、ようやくなあ」

それから、ぼくが中を見たくて見たくて、もうがまんの限界《げんかい》だと思ったとき、じいちゃんがやっと、ふたをすべらせて箱をあけた。ぼくは思いっきり体を乗り出し、首をつき出して、食い入るように見た。

なーんだ！　金の輝《かがや》きもなければ、宝石《ほうせき》のきらめきもなく、出てきたのは、人の顔が刻印《こくいん》されたひらべったい茶色の金属《きんぞく》だった。

なんだこりゃ？　いったいこれのどこが、そんなにすごいわけ？　もう少しで口に出しそうになった。

ぼくの気持ちを察してくれたのは、アレムさんだった。

「これはだな、ソロモン」

と、アレムさんが言った。

「貴重《きちょう》なハイレ・セラシエ一世勲章《くんしょう》だ。きみのおじいさんのお父さんが、国王陛下《へいか》から賜《たまわ》っ

たもので、理由は――」

「きわめて勇敢《ゆうかん》なおこないじゃ」

じいちゃんが口をはさんだ。

「陛下《へいか》がこのメダルを、自らの手で、おやじの胸《むね》につけてくださったのだ。わしが生まれる直前に」

じいちゃんにも、父さんがいたんだ。ぼくの頭には、そんなことしかうかばなかった。もちろん、じいちゃんにも父さんがいたことはわかってる。世界じゅうの人に、父さんがいる。でも、ぼくはこれまで、じいちゃんの父さんのことなんて、聞いたこともなかった。じいちゃんの父さんなんて、考えるだけで妙《みょう》な気分だ。

「ぼくの――ぼくのひいじいちゃんも、兵隊だったってこと？」

いつものことながら、じいちゃんの答えは、ずれていた。

「きわめて勇敢でな」

じいちゃんがくりかえした。

「あのころは、勇敢な人はみんな、ヒーローじゃった。戦って、イタリアの侵略者《しんりゃくしゃ》どもを国から追い出したんだからな。でも、わしのおやじは、なかでも一番勇敢だったのさ」

「それで、これ——なんだっけ——勲章《くんしょう》だっけ——そんなに価値《かち》があるの？　さっきそう言ったよね」

こんなもんに価値があるなんて。ちっぽけで、茶色くて、おもしろくもなんともないじゃないか。

「ああ、まちがいなく価値がある」

アレムさんが答えた。

「めったにないものだからね。大金をはたいて手に入れたがるコレクターがいるんだよ」

「それで、ウォンデュおじさん、これを手に入れたかったわけ？」

ぼくはしつこく質問《しつもん》した。

「売ろうとしたの？」

じいちゃんが、箱をぴしゃりと閉《し》めた。

「ウォンデュめ！」

じいちゃんが、吐《は》き捨《す》てるように言った。

「やつには、手を触《ふ》れさせせんぞ。売るもんか。今も、この先もずっとな。これは家族が守る。わしの家族が。わしが国王陛下《へいか》の護衛兵《ごえいへい》になったとき、おやじがわしにくれたんだ。『デミッシエよ、これを兵舎《へいしゃ》に持っていけ。なくすんじゃないぞ。いつか、これのおかげで、おまえは幸せになれる』ってね」

聞きたいことが山ほどあった。でもそんなにつぎつぎに質問《しつもん》したら、じいちゃんが癇癪《かんしゃく》を起す。だから一番聞きたいことを一つだけ選んだ。

「でも、じいちゃん、どうしてこれをかくすことになったの、労働収容所にいたとき」

じいちゃんは、再《ふたた》び箱のふたを開け、勲章《くんしょう》をぼくの顔の前に掲《かか》げて見せた。

「この顔を見てごらん。だれだかわかるよな。皇帝《こうてい》陛下ハイレ・セラシエじゃ。あの狂《くる》った革命軍《かくめいぐん》は、どういう仕打ちをしたと思う、この偉大《いだい》な敵《てき》の肖像《しょうぞう》を、わしが身に着けていると知ったら？　毎日、大勢《おおぜい》が撃《う》ち殺《ころ》されていたんだぞ、ほんの些細《ささい》なことで」

「じいちゃん、それで、これをかくしたんだ。でも、〈弾丸《だんがん》〉さんには、見せたんでしょう」

「わしの軍隊仲間じゃ」

じいちゃんが断固《だんこ》とした口調で言った。

「なんでも分かち合う仲間じゃった」

じいちゃんは、勲章をもとどおりにしまうと、テーブルに両手をついて立ち上がりかけた。

「うれしかったよ、アレムくん、わしのために、これを大切にとっておいてくれて。さすが〈弾丸〉の息子《むすこ》じゃな。おやじさんによく似《に》とるわい」

「ありがとうございます」

アレムさんがうれしそうな顔で言った。

「立派《りっぱ》な人でした、おやじは」

外でとつぜん、自動車の警笛《けいてき》がいっせいに鳴り出した。選手のパレードが来たんだ！　近いぞ！　ぼくはあせった。行進を見られなかったらどうしよう？　じいちゃんはぼくを、このオフィスにしばりつける気？　一生に一度の、とてつもない出来事が、すぐ下の道で起きているというのに？

でも、じいちゃんを疑《うたが》っちゃいけなかった。じいちゃんは、苦労して立ち上がり、帰ろうとしている。それを、アレムさんが手をのばして止めている。

「おじさん、待ってください。道に人があふれています。パレードが通り過ぎるまで待ったほうがいい」

アレムさんは、自分でも気づかずに、「おじさん」なんて呼《よ》んでいる。まるで、ぼくたちの家族の一員になったみたい。じいちゃんもうれしそう。でも、じいちゃんが帰ると決めたからには、道に人があふれていようが、引きとめられないはず。

「いや」

じいちゃんは、やっとのことで立ち上がって言った。

「帰らねば。おいで、ソロモン」

アレムさんがドアをあけると、職員《しょくいん》たちが大さわぎをしていた。全員が窓《まど》のまわりに集まり、すぐ下の道路を見おろしていたが、社長の姿《すがた》を見て、いっせいにデスクに舞《ま》いもどった。

「あとどのくらいで、パレードは来るのかい？」

アレムさんが若《わか》い社員に聞いた。社員は、小型ラジオを手に持って、耳もとに近づけている。

「飛行場は出ています、社長。あと三十分、というところでしょうか」

別れのあいさつが延々《えんえん》とつづいたが、ようやく、階下におりられることになった。

すぐ前の道路は、見物人がすしづめ状態《じょうたい》で、玄関《げんかん》から外に出るのもたいへんだった。ぼくたちは人にもまれながら玄関からおし出され、群衆《ぐんしゅう》の渦《うず》の中に巻《ま》きこまれた。こんなに大勢《おおぜい》の人がびっしり集まっているのを見たのは、生まれてはじめてだ。正直言って、こわい。おしつぶされそう。

さすがのじいちゃんも、ちょっとふるえているみたい。アレムさんのすすめにしたがって、会社の二階にいればよかったと、後悔《こうかい》してるんだろうな。でも、弱音《よわね》を吐《は》いて会社の中にもどるようなじいちゃんではない。もどるとしたら、あの階段《かいだん》をまたのぼることになるのだし。

人垣《ひとがき》の縁《ふち》を縫《ぬ》うようにして進む。建物にぴったり体をよせて、せまいすきまに体をもぐらせていく。はじめのうちは、心配したほどのことはなかった。みんな上きげんのようで、おしゃべりしながら、ぼくたちが通れるように、体をよせてくれる。

「もう近くまで来てるのか?」

だれかが、小型ラジオを聞いている人に問いかけた。

「ああ! 十分以内だな。今ピアッサのあたり!」

そのあと、ぼくがやらかしたことを思い出すと、今でも冷《ひ》や汗《あせ》が出る。はずかしいったらありゃしない。どうしてあんなにまぬけだったのか。お金がまるごと入っている大切な袋《ふくろ》を首から下げてるってこと、どうして忘《わす》れてしまったのか。それをシャツの外に出してたなんて、不注意にもほどがある。

それは、あっという間の出来事だった。店の入り口でだんごになっている一団《だん》を、避《さ》けて進もうとしたとき、みすぼらしい身なりの少年が、ぼくとじいちゃんのあいだに割《わ》りこんできた。ぼくがすばやく身をかわそうとすると、向こうも同じ動きをする。ぼくより大柄《おおがら》な子だ。少年には、目的があったのだ。こわい顔をしていた。

「やめろよ、見失っちゃうじゃないか、じいちゃ――」

と言いかけたとき、少年が背《せ》のびして、ぼくのうしろの子に合図した。その瞬間《しゅんかん》、首が引っぱられた。ふりむこうとしたが、前にいる少年に腕《うで》をつかまれ、思いっきりひねりあげられた。いたいのなんの。少年をはらいのけようとしたが、少年は急に向きを変え、群衆《ぐんしゅう》の中に飛びこんでいった。そのあとを、小柄な子が猛《もう》スピードで追いかけていく。またたく間に、ふたりとも見えなくなった。

ぼくは、いためた腕をさすった。その瞬間、おそろしいことがわかった。首にかけていたひもが切れて、シャツの上にだらりとたれ下がっているではないか。あのふたり、悪ガキ仲間だったんだ。お金の入った袋を盗《ぬす》まれた。ぼくの全財産《ぜんざいさん》が消えてしまった。

9

あまりのことに、手も足も動かすことができなかった。棒立《ぼうだ》ちになったまま、途方《とほう》に暮《く》れて凍《こお》りついていた。口をあけてさけぶこともできない。しかも最悪なことに、じいちゃんを見失っていた。群衆《ぐんしゅう》にのみこまれてしまったのだ。

でも、そうやって茫然《ぼうぜん》と立ちつくしていたのは、ほんのちょっとのあいだ。すぐに猛然《もうぜん》と腹《はら》が立ってきた。おこったぞ！　ぼくは、群衆をかき分け、はねとばしながら、わめいた。

どうにも困《こま》ったのは、背《せ》が低くて人垣《ひとがき》の向こうが見通せないこと。でも、たしかに、向こうの方でちょっとしたさわぎが起きて、それが遠くに移動《いどう》している。群衆が、どなっている。

「おい！　気をつけろ！　おすな！　やめろ！」

ぼくは、さけび声が聞こえてくる方に向かって、かき分けかき分け進んだ。お願いだから、だれか泥棒《どろぼう》をつかまえてくれー。するとそのとき、またもやぎくりとした。わきからだれかが、ぼくの名を呼《よ》んだからだ。

「ソロモン！　こっちだよ！　ソロモン！」

ぼくはジャンプして、すぐ横の女の人の肩《かた》ごしに、声の方を見た。すると、女の人のすぐ向こうに、ケベデが見えた。白い歯を大きく見せて笑いながら、ぼくの大切な袋《ふくろ》を高々と上げている。

ぼくは、なぐり倒《たお》され、息の根を止められたような気がした。ケベデを信じていたのに。ケベデのこと、いいヤツだと思ったのに。実は泥棒だったなんて。ぼくのお金を盗《ぬす》んだ泥棒。しかも、それを見せびらかして、からかっている。野暮《やぼ》な田舎《いなか》っぺ、と笑いものにしている。

ぼくは思いっきり女の人をおしのけて、ケベデの前に出た。ケベデの手から袋をもぎ取り、ケベデの顔にぼくの顔をつき合わせた。

「こいつ！　最低の泥棒！」

ぼくはケベデに向かって声を張《は》りあげた。

「おまえってヤツは――」

「おい！　おい！」

ケベデは両手をあげて、ぼくから体を離《はな》そうとした。

「おれが盗《ぬす》んだんじゃないってば。おまえが会社から出てくるの、待ってたんだぜ。いっしょにパレード見たら楽しいだろうなって。そしたら、ちっこいヤツが、おまえのあとをつけててさあ。そいつの仲間がおまえをおしてるし。ヤツらの魂胆《こんたん》がわかったから、おまえに注意しようとしたけど、その前に、ひとりがナイフを出して、おまえの袋《ふくろ》のひもを切ったんだよ。大きいヤツはすばやく逃《に》げちまったけど、袋を持ってるちっこいほうは、人混《ひとご》みの中で身動きが取れなくなってさ。そいで、おれが腹《はら》にパンチ食らわせたら、体をよじったんで、袋をつかみ取ったってわけ。ほら、袋よこしな、結び直してやるから。でも、今度はちゃんとシャツの下に入れとけよ」

ぼくはほっとして、言われるままに袋をケベデにわたした。ケベデは言ったとおり、ひもを結んで、ぼくの首にかけてくれた。ぼくははずかしくて、顔が赤くなった。どうして、ケベデのことを泥棒《どろぼう》なんて言っちまったんだろう。もう友だちとは思ってくれないだろうな。

「ほんとにごめんね、あんなこと言っちゃって」

ぼくはやっとの思いで切り出した。

「てっきり――」

「その先は言わなくてもわかる。気にしなくていいよ。それより、急がないと。パレードがもうすぐ来る。パレード見るのに、もってこいの場所、知ってるんだ」

そのとき急に、じいちゃんのことを思い出し、また、ぞっとした。

「だめだ！　じいちゃんを見つけなくちゃ！　じいちゃん、おこってるよ、きっと」

「そんなの、もうあとの祭りさ」

ケベデの声は楽しげだ。

「とっくに、うーんと先に行っちゃってるよ。それに、こんな人混みで、どうやって探《さが》すのさ？　追いついたころには、パレードは終わっちゃってる。おいでよ！　もうすぐ来るってば」

ケベデに腕《うで》をつかまれ、引っぱっていかれた。着いたところは、今度もまた人垣《ひとがき》の一番うしろ。高いビルとの間でおしつぶされそうだ。

こんなところじゃ、なんにも見えやしない、と言いかけたとき、ビルの壁《かべ》に沿《そ》って、パイプがついているのが見えて、そうか、とわかった。ケベデは早くも、パイプをのぼりはじめている。窓《まど》のところまでのぼると、体の向きをくるりと変えて、窓の下枠《したわく》に腰《こし》かけ、足をぶらぶらさせた。

「急げ、ソロモン！」

ケベデは下にいるぼくに、大声で言った。

「もう来てるってば」

正直言って、木のぼりは得意じゃない。ぼくたちが住んでいるところには、あんまり木がないし、あっても、少し高くなるとすぐ切って、薪《たきぎ》やフェンスの柱にしてしまう。でも、木のぼりなんてお手のものという顔で、パイプをのぼった。最後のところは、ケベデが手を差しのべてぼくを引っぱりあげ、窓枠の上で横にずれてくれたので、ケベデとならんで腰かけられた。

じいちゃんのことは忘《わす》れていた。ワクワク、ドキドキして、頭の中はすっからかん。エチオピアの国民だってことが、誇《ほこ》らしい。なんだかしみじみしちゃう。今この時を、国じゅうが待っていたんだ。オリンピックで、ぼくらの国の陸上選手が今回もまた優勝《ゆうしょう》して、英雄《えいゆう》たちが今、もどってくる。ぼくが、ソロモンが、その英雄たちを出むかえる。ぼくの人生で最高の瞬間《しゅんかん》。

ここに座《すわ》っていれば、群衆《ぐんしゅう》の頭の向こうまで見わたせる。車道は車一台通らず、がらんとしている。歩道は見物人でいっぱいだ。車道に人がはみ出しそうになるのを、警官《けいかん》がおしとどめている。

やがて、大きな音がとどろいた。動物のほえ声のように聞こえたが、大群衆《だいぐんしゅう》のどよめきだ。次の瞬間《しゅんかん》、その声がピタリと止まり、別のもっとずっと大きな音が聞こえてきた。耳をつんざくような、おそろしいほどの大音響《だいおんきょう》。ぼくはこわくなって、思わずケベデの腕《うで》にしがみついた。

「だいじょうぶだってば！」

ケベデがぼくに聞こえるように、耳もとで声を張《は》りあげる。

「ヘリコプターだよ。ほら」

見上げると、たしかにヘリコプターが頭上を、巨大《きょだい》な鳥のように旋回《せんかい》している。見つめていると、ヘリコプターの横から人が乗り出し、掌《てのひら》いっぱいの紙をつぎつぎにまいている。紙は白い大きな羽のように、群衆の上に舞《ま》いおりてくる。人々がジャンプして紙吹雪《かみふぶき》をつかむ。見たこともない不思議な光景。下の道路のことなどすっかり忘《わす》れて見入っていたが、ヘリコプターは機体をかたむけたように見えたあと間もなく、向きを変えて飛んでいき、見えなくなった。

下の道路には、エチオピアの旗が林立している。ぼくたちの国の色、赤と緑と金色が、人々の肩《かた》のあたりで波打ち、風に舞っている。ぼくはうれしくなって体がふるえた。

「すんばらしいよな！」

ケベデがさけんで、ぼくを乱暴《らんぼう》にこづいたので、ぼくはもう少しで窓枠《まどわく》から落っこちそうになった。

すると、道路のずっと先の方から、一団《だん》がやってくるのが見えた。走って近づいてくる。肩《かた》にかかげたポールの先で旗がゆれている。群衆の歓声《かんせい》に負けない大声で、何かさけんでいる。どんどん近づいてきて、さけび声が聞き取れるようになった。

「アッ、オー！」

と、くりかえしている。

「アッ、オー！　アッ、オー！　アッ、オー！」

頬《ほお》が汗《あせ》で光っている。

群衆の興奮《こうふん》も最高潮《さいこうちょう》に達し、歓声をあげ、手をたたき、女の人たちが「アララララ！」と声をかぎりにさけんでいる。

すると間もなく、自動車の警笛《けいてき》とパトカーのサイレンが鳴りひびいた。エンジン音をとどろかせながら、警官が大勢《おおぜい》乗ったジープが数台、バイクに先導《せんどう》されて通り過ぎた。警官の白いヘルメットが陽を浴びてキラキラ光る。

とつぜん、パレードが目の前に！　選手たちが乗った車が通るのに合わせて、歓声《かんせい》が波のように移動《いどう》してくる。選手たちが見えた！　ぼくたちのヒーローとヒロイン！ぼくたちの国エチオピアのチャンピオンたち！

黒い車が三台。選手たちは後部座席《ざせき》に立っていて、サンルーフの上に上半身が見える。金と緑と赤のエチオピアの旗を肩《かた》にかけている。着ているのはあざやかな緑と黄色のエチオピアチームのユニフォーム。首には金色に輝《かがや》く花輪。

群衆《ぐんしゅう》はみんな、ピョンピョン飛び上がりながら、腕《うで》をふり、声をかぎりに歓声をあげている。そのとき、思いがけないことが起きた。にぎやかな声が、スッと静まったのだ。ぼくの目は、先頭の車の、ブルーのリボンを首にかけた女性《じょせい》に吸《す》いよせられた。リボンの先の金メダルが、陽の光を反射《はんしゃ》してきらめいている。

ケベデの声がした。なんだか遠くの方から聞こえるような声だ。

「ほら、あの選手だ！　デラルツ・ツル！　世界じゅうで一番足の速い女性！」

急に時間が止まったような気がした。デラルツ・ツルが顔を動かした。ぼくの方を見てる。目と目が合った。このままずっと見つめ合っていられそう。そう思ったとたん、むこうを向いてしまった。

でも、たしかにぼくを見た。笑ってくれた！

体じゅうがゾクゾクッとして、髪《かみ》の毛《け》が逆立《さかだ》ちそう。

間もなく、パレードは行ってしまった。群衆がばらけて、道路にあふれ出し、思い思いの方向に立ち去っていく。

「ばっちりだったな、ソロモン！　おあつらえ向きの場所だったろ？」

ケベデが言った。

でも、ぼくはほとんど聞いていなかった。だれかがぼくの足を引っぱっているからだ。下に目をやると、警官のこわい顔が見えた。

「そんなところにのぼって何してる？　すぐにおりろ！」

「すみません」

ケベデがおとなしく言った。

「悪いこと、してるんじゃないから。ただ見たかっただけ」

それから、ひらりと身をかわし、両手で窓枠《まどわく》をつかむと、足をふり出し、地面に飛びおりた。

ぼくはまだ身動きができない。あの光景が頭を占領《せんりょう》している。

「見ておかなくちゃならなかったんだ」

ぼくは警官《けいかん》に向かって、けんめいに説明をした。

「パレードってどんなものか、見ておかないとね。そのうちぼくも、パレードに引っぱり出されるから。今にオリンピックで金メダルを取るんだもん」

10

ケベデに言われていた。アディスアベバでは絶対《ぜったい》に、警官に口ごたえしちゃいけない、なんでもないことで、めちゃくちゃおこられるぞ、と。でも、特別なお祝いの日だもの、そんなにおこられなかった。ちょこっと笑顔までうかべてた。ぼくが窓枠から はいおりると、ぼくたちの頭をこつんと軽くたたいただけで、とっとと行け、だって。

選手のパレードを見るという、まばゆいばかりの時間が過ぎ去ると、じいちゃんのことが、心配でたまらなくなった。いったいどうやって探《さが》せばいいんだろう。見当もつかない。

ケベデは、そんなことにはおかまいなし。すぐ前を通り過ぎるミニバスの中に友だちがいるのを見つけて、親指をつき立て、しきりに、やったぜというサインを送っている。相手の男の子は、バスの窓《まど》に顔をおしつけている。

「何がそんなに心配なんだよ？」

　ケベデがようやくこっちを向いてくれた。

「じいちゃんは心配ない。道を知ってるんだから。それよりさ、きみ、アディスははじめてなんだろ？　チャンスだぜ。あちこち見せてやる。じいちゃんには、迷子《まいご》になって、もどれなくなったって言えばいいじゃん」

　ぼくはケベデを、まじまじと見た。ケベデって、マルコスも顔負けの大胆《だいたん》なヤツだ。こんなに図太くて自由奔放《ほんぽう》な子、見たこともない。一瞬《いっしゅん》、ムラムラと、いっしょに行きたくなった。でも、そんなことはできない。

「あの人――じいちゃん――元気がないんだ」

　下手な言いわけに聞こえるかも、と心配しながら言った。

「ぼくが面倒《めんどう》見ないと」

　ケベデは肩《かた》をすくめた。ぼくを置いて行ってしまうんだろな、と思った。でも、ニコッと笑って、こう言ってくれた。

「そんなら、おれんちにもどろう。そうすれば、じいちゃんに会えるはず」

ぼくたちはすぐに、ピアッサにもどった。ケベデは足が速い。自動車やトラックのあいだをすりぬけながら車道をわたり、歩道では人々にぶつからないように身をかわし、おくれないでついていくのがたいへんだ。一度、車道にふみ出したとたんに、ライトバンが飛び出してきて、もう少しで轢《ひ》かれそうになった。

そしてとつぜん、ケベデのおじさんの店のすぐ近くに出た。ぼくの心臓《しんぞう》がドキンと音を立てた。ドアのところに人がむらがっている。なぜか、何かよくないことが起きたのがわかった。

予感が当たった。店の前に着いたとき、ケベデのおじさんがちょうどドアから出て来て、ぼくを見るなり、むずとつかんで、店の中に引きずりこんだ。あわてているのがわかる。

「どこに行ってた？　じいさんのことで、おまえを探《さが》してたんだぞ」

それからおじさんは、ケベデを見て顔をしかめ、おこりだした。

「おまえってヤツは！　また逃《に》げ出《だ》しやがって！　この役立たず……」

ぼくは、そこまでしか聞いていなかった。店の中の暗がりに目が慣《な》れると（外は太陽がギラギラしていたから目がくらんだのだ）、じいちゃんが見えた。椅子《いす》を三脚《きゃく》つなげた上に、じっと動かずに横たわっている。一瞬《いっしゅん》、おそろしい考えが頭をよぎった。

じいちゃん、死んじゃったんだ。おばさんがふたり、じいちゃんのそばにいた。ひとりは、じいちゃんの顔をあおいでいた。もうひとりはじいちゃんの手をこすっている。その人がふりむいてぼくを見た。ぼくが考えていることを見ぬいたんだろう。

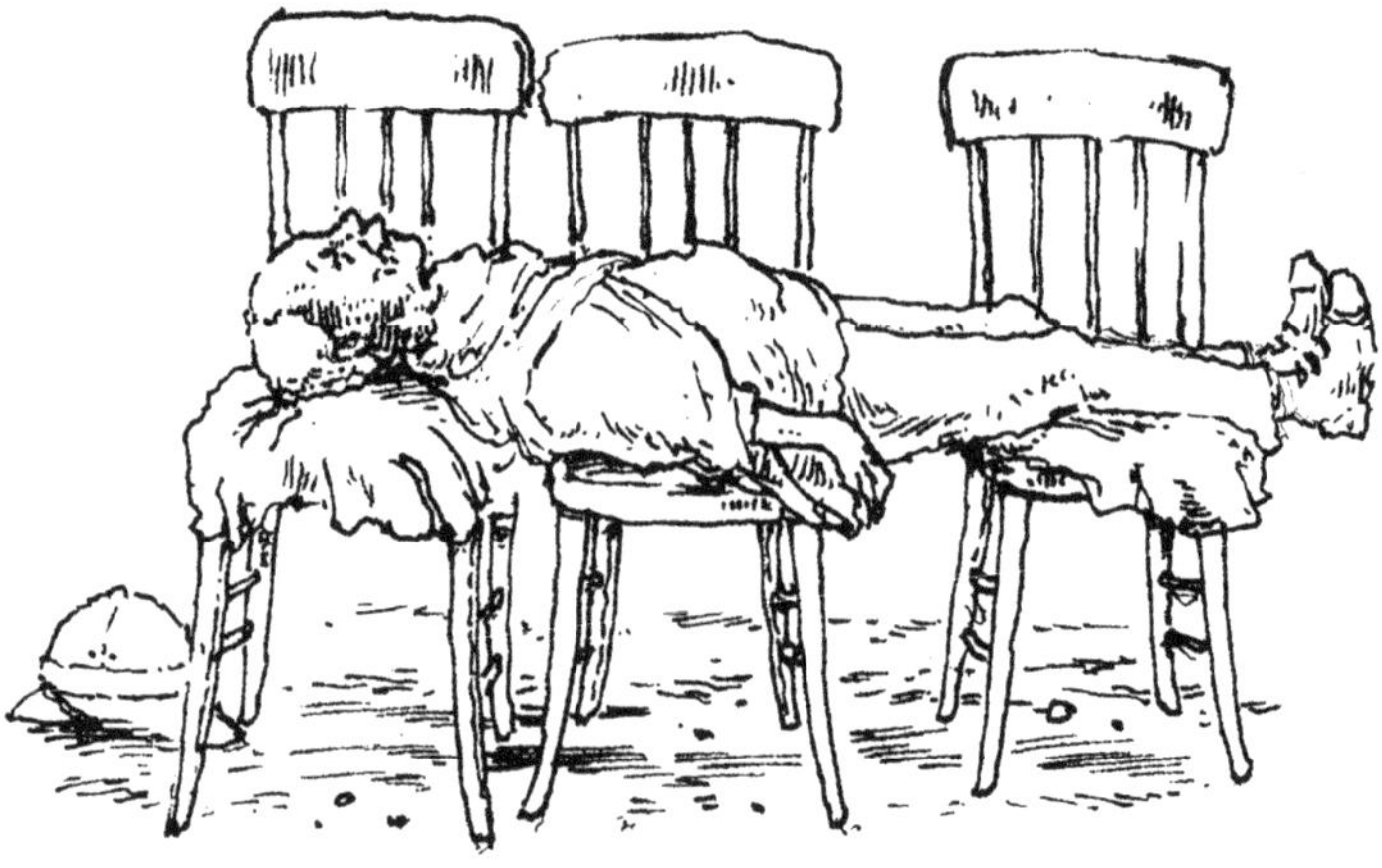

「気を失ってね。でも、もう意識《いしき》はもどってるの。神様のおかげ！」

別のおばさんが言った。

「この人、どこに泊《と》まってるんだろ？　あんたのおじいちゃんだよね？　おじいちゃんを、家に連れて帰らなくちゃいけないよ」

ぐずぐずしているわけにはいかない。ぼくは向きを変えて店を飛び出した。ウォンデュおじさんは、悪い人だ。じいちゃんのメダルを盗《ぬす》もうとしたんだから。信用できない。でもやっぱり、あの人は親戚《しんせき》だ。じいちゃんの血のつながった甥《おい》。助けてもらえるのは、あのおじさんしか思いうかばない。


ぼくの両足に羽が生えたにちがいない。店を飛び出したかと思うと、もう角《かど》を曲がってウォンデュおじさんの家の前まで来ていた。道に面した高い壁《かべ》の中の金属《きんぞく》のドアは閉《し》まっていて、鍵《かぎ》がかかっている。ドアを思い切りたたきながらさけんだ。

「ウォンデュおじさん！　メセレットおばさん！　お願い！　出てきて！」

ようやく、鍵をいじる音がして、ドアが、ほんの少しだけ開いた。ウォンデュおじさんが、疑《うたが》わしそうな顔ですきまから外を見た。

「どうした、ソロモン？　なんだ、その大さわぎは？」

「お願い、ねえ、お願い……」

ぼくは胸《むね》がキュッとしめつけられて泣きそうになった。

「じいちゃんが病気になった。すっごく具合が悪くて。あそこの角《かど》を曲がってすぐの店にいる。ぼく、どうすればいいの！」

ウォンデュおじさんは、ほっとしたらしい。じいちゃんに悪事がばれて、どなりこまれると思ってたんだろう。ドアを大きくあけてくれた。

「だから言ったろ、今日は休んだほうがいいって。町をほっつき歩くなって言ったのに。でも、遠くには行かなかったんだな、ピアッサだけ？」

おじさんが何を気にしているのか、こっちはお見通しだ。ぼくたちが、アレムさんの会社に行ったかどうか、知りたいのだ。そんなことを教えるつもりはない。じいちゃんを助けること以外に、あれこれ考えないでもらいたい。

「お願いだから、ウォンデュおじさん。すぐ来てよ！」

「待ってくれ」

おじさんは、ぼくの顔の前でぴしゃりとドアを閉《し》めた。

ぼくは道にほっぽり出された。待っちゃいられないと足ぶみしながら、またドアをたたこうかと思った。でも間もなく、おじさんが出てきた。

「これを取りに行ったのさ」

と言いながら、おじさんは携帯《けいたい》電話を見せた。

「医者を呼《よ》ぶのに使うかもしれんからな」

おじさんといっしょに店にもどったとき、ぼくはほっとして泣きそうになった。じいちゃんが座《すわ》っていた。まだひどい顔色で、うしろの壁《かべ》によりかかって、口をあけ、目をつぶっていたが、少なくとも、じいちゃんは生きている。

「おじさん！」

ウォンデュおじさんが、じいちゃんの肩《かた》に手をかけた。

「おれですよ、ウォンデュです。おれの声、聞こえますか？　だいじょうぶですか、おじさん？」

だいじょうぶのはずがないじゃないか。ぼくは大声でおじさんに言ってやりたかった。すっごく具合が悪いってわかんないの？

「心臓発作《しんぞうほっさ》だろうな」

ケベデのおじさんが言った。

「かなり具合が悪そうだ。病院に連れていったほうがいい。このままにしとくわけにはいかん。安静にさせなくちゃな」

ケベデのおじさんは、少しいらだっている。病人が店の中にいては、商売にさしさわるんだろう。でも、ケベデのおじさんは親切な人だ。心配そうな顔をくずさなかった。

ウォンデュおじさんは答えなかった。黙《だま》って携帯《けいたい》電話に番号を打ちこむと、電話を耳におしあてたまま、店を出ていった。

じいちゃんの頭が一方にかたむいた。このままでは椅子《いす》からくずれ落ちる。ぼくはじいちゃんの横に座《すわ》って、体を支《ささ》えた。

「じいちゃん！　ぼくだよ。ソロモン」

ぼくは小声で言った。

本当は、こう言いたかった。心配しなくていいからね。すぐよくなるよ。でも、言わなかった。なぜって、じいちゃんはきっと、こう言うから。バカなこと言うな、ソロモン。どうなるかは神様だけがごぞんじだ。おまえなんかに、わかってたまるか。

ぼくはただ座って待った。

ケベデのおじさんはカウンターにもどって、おばさんのために、砂糖《さとう》の重さを計っている。じいちゃんの手をさすってくれていたおばさんだ。もうひとりの客も店を出ていき、じいちゃんを取り囲んでいた物見高い人たちもいなくなった。新たな客が入ってきても、店の奥《おく》の暗がりに座っているぼくたちには、ほとんど目もくれない。

じいちゃんが腕《うで》を動かしたのがわかったので、じいちゃんの顔を見た。目をあけている。ぼくの方を見て、何か言おうとしている。でも、何を言っているのか聞き取れない。じいちゃんは弱々しく咳《せき》をすると、どこかいたいところでもあるのか、半分目をつぶった。それから再《ふたた》び口を開いた。

「おまえ……言ったのか……ウォンデュに？」

「アレムさんやメダルのこと？　言ってないよ、じいちゃん」

じいちゃんは小さくうなずいた。喜んでいるのがわかった。それからじいちゃんは、自分の胸《むね》に目をやった。

「持ってろ」

はじめは、何を言っているのかわからなかった。

「何を？　メダル？」

じいちゃんは小さくうなった。ぼくが鈍《にぶ》いので、いらだっているのだ。じいちゃんの肩《かた》かけの中に手をつっこむのは、妙《みょう》な気分だ。あやしい行為《こうい》だよな、と思いながら、図々しくポケットを探《さぐ》った。すると、思ったよりかんたんに小箱を取り出すことができた。それを、短パンのポケットにすべりこませた。

じいちゃんは頭をまた壁《かべ》にもたせかけた。ほっとしてるんだ。でも、じいちゃんの話はまだ終わっていなかった。

「家に帰れ。すぐ、父さんを連れてこい」

ぼくは、じいちゃんを見つめた。

「じいちゃん！　無理だよ！　道がわかんないもん！」

「バス」

じいちゃんが、しわがれ声で言った。

「キダメ行き。すぐ行け。夜には着く」

ぼくはこわくて、あわてた。どこでバスに乗るの？　いくらはらえばいいんだろう？

第一、子どもひとりでも乗せてくれるの？

ウォンデュおじさんが、店にもどってきた。おじさんは、もう心を決めたぞ、というように、前より張《は》りのある声で言った。

「病院に連れていくよ、おじさん。外にタクシーを待たせてる。病院に行けば横になれるし、医者が診《み》てくれる。さあ、ソロモン、立ち上がらせるから手を貸《か》してくれ」

じいちゃんを立たせるのはたいへんだった。かかえるようにして、やっとのことで外に連れ出した。じいちゃんは、タクシーの後部座席《ざせき》に倒《たお》れこんだ。いちだんと容体が悪くなったようで、一息ごとにあえいでいる。

ウォンデュおじさんが腰《こし》をかがめて、タクシーの運転手に行き先を告げようとしたとき、メセレットおばさんがかけつけてきた。

「いったいどうしたの？」

おばさんが、きびしい口調でおじさんに聞いた。

「このさわぎはいったい何？」

ぼくはあとずさりした。おばさんはぼくに気づきもしない。

「デミッシエおじさんだよ」

と、ウォンデュおじさん。

「具合が悪くなったんだ。留守番《るすばん》電話を聞いたんだね？」

「ええ。でも仕事にもどらなくちゃ。真っ昼間に仕事をぬけ出すなんて、おこられちゃうもの」

おばさんはかがんで、タクシーの中のじいちゃんをたしかめた。

「具合悪そうね。おじさん、会ったのかな……ばれたかしら？」

「知らないと思う」

ウォンデュおじさんが言った。

「知られたくない。おまえのバカバカしい悪事には、うんざりだ、メセレット。そういうことにつき合わされるのは、もうごめんだ」

「あたしの悪事？」

おばさんがおじさんをにらみつけた。

「あたしを責《せ》める気？　あなたが思いついたことでしょ！　あなた、言ったわよね……」

「おれじゃない。おまえだろうが……」

「ねえ、お願い」

ぼくはふたりのあいだに割《わ》って入った。

「じいちゃんを病院に連れてって！」

「病院ですって？」

メセレットおばさんが、ぶち切れた。

「病院の費用は、いったいだれがはらうのよ？」

「おれがはらう」

ウォンデュおじさんが言った。

「おれのおじさんだ。一度くらい、おれにも正しいことをさせてくれ。さあ、ソロモン、そっち側からタクシーに乗れ」

「ぼく――ぼくは行けないよ、おじさん」

ぼくはあとずさった。

「じいちゃんが、家に帰れって。バスでキダメに行けって、今、すぐ。それで、父さんを連れて来いって」

ウォンデュおじさんは時計を見た。

「それもいいだろう。急いだほうがいい。キダメ行きの午後のバスは、一本しかないから。もう出てしまったかもな」

「でも、どこに行けばいいか、わかんないよ！　どこでバスに乗るの？」

ぼくはまた、気が動転した。だれかに袖《そで》を引っぱられた。ふりむくと、ケベデだった。

「おれがバス停まで連れてってやる」

ケベデが言った。

「おれ、おじさんにたのんでくる」

そう言うなり、全速力で店にかけもどった。ウォンデュおじさんが、よかったな、という顔をした。そして何か言おうとしたとき、じいちゃんが咳《せき》をした。咳こんでいるうちに、うなり声になった。

「心配しなくていいよ、じいちゃん。うまくやるから」

と、ぼくは言った。

「ケベデが助けてくれるから。ウォンデュおじさん、お願い。じいちゃんを早く病院に連れてって！」

じいちゃんがまたうめき声をあげた。ウォンデュおじさんは、しばらくグズグズしていたが、ようやくタクシーに乗りこみ、タクシーは走り去った。

ケベデが店から出てきた。ケベデのおじさんが、ぴたりとうしろについている。

「あの子の道案内をするのはやむを得ん」

年取ったおじさんは、不満顔だ。

「だがな……」

ケベデの目が笑っている。

「わかってる。まっすぐバス停に行って、まっすぐもどってこい、だろ」

ケベデがニヤッとしながら言った。

ケベデはふりかえって店の中をのぞき、おじさんが客の応対《おうたい》にいそがしくしているのをたしかめて、店先の果物棚《くだものだな》から、バナナを何本か取った。

「腹《はら》、へっちまった」

と、ケベデ。

「おまえもだろ？　来いよ、ソロモン！　バスに乗るんなら、走んなくちゃ」

11

バス停まではずいぶん遠かったが、ありがたいことに、ずっと下り坂だった。ケベデの足の速いことといったら、まるで稲妻《いなずま》。歩道をぞろぞろ歩いている人たちを、すごいスピードでかわし、走っている車とトラックのあいだに飛びこんで車道をわたる。障害物《しょうがいぶつ》が何もないまっすぐな道なら、ケベデを負かすなんてどうってことないが、都会の大通りを、こんなふうに、ぶつかったりよけたりしながら走るなんて、ぼくには無理。

バス停に近づいたのは、エンジンがブルブルいう音でわかった。赤と金に塗《ぬ》り分《わ》けられたバスがずらーっとならんでいて、度肝《どぎも》をぬかれた。バスがどこまでもどこまでも連なっている！　到着《とうちゃく》したばかりのバスから、乗客がぞろぞろおりてくる。みんな重そうな袋《ふくろ》やバッグをかかえている。ほかのバスはドアを閉《と》ざして静かに止まったままだ。まわりを人が取り囲んで、乗りこむのを待っている。

ケベデが、バス乗り場の向こうの建物に向かって、猛然《もうぜん》と走り出した。ぼくはおくれまいとあとを追う。建物の中は、人でごったがえしていた。ケベデはその人たちをかき分けて進んでいく。ケベデにぴったりついていかないと。でもケベデみたいにすばやく動けないので、よその人の足をふんづけたり、顔を肘《ひじ》でこづかれたり。ケベデがいなかったら、バスの切符《きっぷ》も買えないところだった。ケベデは人垣《ひとがき》の前に出ると、強引に窓口《まどぐち》に近づいた。ほかの人におされたって、頑《がん》としてゆずらない。

「キダメまで！　切符一枚《まい》！」

ケベデが大声で言った。

窓口の人が何か言っている。ケベデがふりむき、ささやいた。

「お金を出せ！」

ぼくは袋《ふくろ》の中を探《さぐ》り、くしゃくしゃの、でも、大切な緑色のお札《さつ》を二枚、取り出した。

「それじゃ足りない！　急げ！」

ケベデは、まだにぎりしめていたバナナをぼくにおしつけ、ぼくの袋をつかんだ。首にかけたひもが引っぱられ、ぼくとケベデの頭がぶつかりそう。ケベデがもう一枚、お札を取り出し、窓口に向き直った。

次の瞬間《しゅんかん》、ぼくの手にチケットが。ケベデがおつりのお札をぼくの袋におしこむ。ぼくはバナナをケベデに返し、小さな革《かわ》の袋をシャツの下にていねいに入れた。今度こそ、

ときどきたしかめよう。ちゃんとあるかどうか。

「バスが出るのは十分後だって！」

ようやく建物の外に出ると、ケベデが言った。ぼくは、真っ赤なバスの列を見つめた。

「わかった。でもどのバス？」

ぼくは心配になった。

「バスをまちがえたらどうしよう？」

「だいじょうぶ。おれについてこい！」

ケベデがまた走り出した。

ぼくのバスは、乗り場の向こう側に止まっていた。まだドアが閉《し》まっているので、待っている人たちの一団《だん》に加わった。

「すごいね、きみ」

と言って、急にバツが悪くなった。

「ぼくひとりじゃ、なんにも……」

「ああ、楽しかった！」

ケベデはそれだけ言って黙《だま》りこんだ。ケベデも照《て》れくさいのだ。

「その袋《ふくろ》の中のお金だけどさ」

と、ケベデが言った。

「おまえが持ってるお金って、あれで全部？　ほかにないの？」

ケベデが、気の毒そうな顔をした。

「ぼくんち、貧乏《びんぼう》じゃないもん」

ぼくは、ムキになった。

「立派《りっぱ》な牛が三頭だろ、ラッキーだろ――ラッキーってのは雌《めす》のロバ。子どもを二頭産んだんだ――畑も持ってるしさ。父さん、ぼくの学校の授業料《じゅぎょうりょう》もずっとはらってくれてるんだ」

「ワオ！　学校に行ってんの？」

「それが？　きみだって行ってるんだろ？」

「行くわけないよ。だれが授業料をはらうのさ？」

「おじさん、はらってくんないの？」

「あの人が？　まさか。それに、あれはほんとのおじさんじゃないし。遠い親戚《しんせき》みたいな人」

「きみの父さんと母さん、どこにいるの？」

ケベデは肩《かた》をすくめた。

「死んじゃった。去年」

「ふーん」

ぼくは何と言っていいかわからなかった。

「学校に行ってるなんて、ラッキーだよな」

ケベデが言った。

今の今まで、ぼくはケベデのことがうらやましかった。ケベデの靴《くつ》も、ケベデの自信満々なところも。町のことを、なんでも知ってるし。それなのに、ケベデがぼくのことを、うらやましがるなんて。

ちょうどそのとき、運転手と車掌《しゃしょう》がやって来て、バスのドアをあけ、待っている人を乗せはじめた。あー、よかった。だって、ぼくたちふたりとも、話の接《つ》ぎ穂《ほ》が見当たらなくて、困《こま》ってたから。

ケベデは、持ってきたバナナの中の二本を、ぼくに差し出した。それを見たとたん、急に、すごく腹《はら》ペコだってことがわかった。ぼくはバナナをありがたく受け取った。

「家に帰らなくちゃなんないなんて、くやしいよ。今日は、夢《ゆめ》みたいな日だったのにさ」

「おれも。あの選手たち――すごかったよな」

バスのドアはとっくに開いている。

「もう行かなくちゃ」

乗りこもうとする人たちに、バスのステップの方におされながら言った。

「じいちゃんのことは、心配すんな」

ケベデが背《せ》のびして、ぼくのうしろのおばさんふたりの頭ごしにぼくを見て、大きな声で言った。

「病院で治療《ちりょう》してもらうんだもん。きっとよくなるさ」

しまった。悪いことしちゃった。ケベデについていくことばっかり考えて、じいちゃんのこと、すっかり忘《わす》れてた。

「ケベデ！」

ぼくはバスのステップの一段目《だんめ》で、ふりかえった。

「たのんでもいい？　洋菓子店《ようがしてん》ハピネスに行って、アレムさんて人に会ってくんない？　裏《うら》の建物の四階。エチオピア・スポーツって会社。じいちゃんが病院にいるって言っといて」

「おまえさん、乗るのかい、乗らないのかい？」

うしろのおばさんがふきげんな声で言った。ぼくをぐいぐいおしてステップをもう一段のぼらせようとするので、つまずきそうになった。ぼくが言ったこと、ケベデに聞こえたろうか。やっとのことでバスの一番うしろの席に座《すわ》れたとき、首をのばして窓《まど》の外を見た。ケベデは、もういなかった。遠くの方に、バスとバスのあいだをすりぬけながら、すばやく泳ぐ魚のように走っていく少年が見える。でも、その子が、ほんとにケベデなのかどうかはわからない。

12

バスは、ガタガタと大きな音を立て、左右にゆれながら、混《こ》みあった道路を進んでいく。なんだか狂《くる》った牡牛《おうし》みたい。立《た》ち往生《おうじょう》することも、しょっちゅう。道がふさがれているのだ——ロバや、人や、自動車や、トラックや、自転車に。

バスに乗りこんだときは、ほかの乗客を見まわす余裕《よゆう》がなかった。でも今は、何人か見たことのある人が乗っているのがわかる。アディスアベバに行ってみると、キダメって本当にちっぽけな町なんだってわかる。キダメに帰る人たちの顔が見分けられても、おかしくない。

ぼくの席の通路をはさんだとなりに座っているのは、女の人。おさない男の子と女の子を連れている。ぼくよりずっと小さい子どもたちだ。ぼくが笑いかけると、はずかしそうに顔をかくす。でも、ぼくがバナナを食べはじめると、子どもたちの目が、ぼくから離《はな》れなくなった。一本目のバナナを食べ終えて、二本目の皮をむこうとしたが、子どもたちが食べたそうな顔で見ているので、困《こま》った。ぼくだって、おなかがペコペコなんだ。どうしよう。でも、あんな目で見られちゃ、しようがない。

「あげるよ、きみたちに」

と言って、バナナを通路ごしに手わたした。

子どもたちは何も言わなかったが、その笑顔だけで、ぼくは幸せな気分になった。

女の子が皮をむいて、半分をおさない男の子に分けてやっている。

モグモグ、ムシャムシャ。ほとんど食べ終えたとき、それまで窓《まど》の外を見ていたお母さんが気づいて、ふりむいた。

「バナナなんか、どうしたの？」

こわい声だ。女の子がぼくを指さした。

「まあ！」

お母さんが笑顔になって、ぼくに頭を下げた。

「親切にありがとう」

それから、両足のあいだに置いていたバッグの中から、布《ぬの》に包んだものを取り出した。膝《ひざ》の上に置いて、結び目をとき、プラスティックの箱のふたをあけた。ホームメイドの食べもののにおいだ。ぼくの口に、つばがたまった。お母さんが、その箱を差し出した。

「どうぞ。めしあがれ」

ぼくは小さいのを一切れ取った。おいしい。インジェラと、こうばしいレンズマメのにおいが混《ま》じり合《あ》っていて、最高。お母さんは、また箱をぼくの顔に近づけてふった。

「だめだめ、そんなの、食べたうちに入らないわ。取ってちょうだい。全部食べていいのよ。あなたみたいな男の子は――おなかがすくのよね。男の子って、みんなそう。とにかく、まだたくさんあるわ」

もう一度すすめられるまで待てなかった。とにかく、一度食べはじめたら、もう止まらない。一分もかからずに、わたされた分を全部、食べてしまった。空《から》になった箱を返したら、笑われた。今度は水をくれた。黒くなりかけたバナナ一本で、こんなにもらえるなんて、悪くない物々交換《ぶつぶつこうかん》だ。

「どこかで会ったことないかしら？」

お母さんが空箱《あきばこ》を包んで、バッグにしまいながら、言った。

「キダメの学校に行ってるのよね？」

「はい、行ってますけど」

ぼくは急に用心深くなった。お母さんが、もっと聞かせて、という目でぼくを見ている。この人、ぼくのことを根掘《ねほ》り葉掘《はほ》り聞き出す気だぞ――だれの子どもなの？アディスアベバからひとりでバスに乗ってきたのはなぜ？アディスで何をしてたの？だれの家に行ったの？などなど、何もかも聞き出そうとしてる。

ぼくは、そういうことを話す気になれなかった。理由はわかんない。じいちゃんは長いこと、秘密《ひみつ》をだれにも打ち明けなかった。たぶん、そういう用心深さを、受け継《うつ》いでるんだろう。ぼくは心を鬼《おに》にして、質問《しつもん》にはもう答えないぞ、と思った。するとそのとき、バスが急にゆれた。エンジンがガタガタ鳴ったあと、大きくうなってバスは止まった。ぼくたちの体も、ゆれて止まった。一瞬《いっしゅん》、シーンとした。それからみんながいっせいにしゃべりだした。

「あらやだ！　どうしたの？　故障《こしょう》？　いつ直るの？」

最前列の運転手のすぐうしろに座《すわ》っていた車掌《しゃしょう》が、立ち上がって、運転手に話しかけた。それからふたりは外に出て、ドアのわきに立った。運転手が携帯《けいたい》電話に向かって話している。

車掌がもどってきたので、乗客は説明を聞こうと、しゃべるのをやめた。

「すぐ直る小さな故障です」

車掌がなだめるように言った。

「運転手が呼《よ》んだ修理工が、間もなく到着《とうちゃく》します。修理が終わり次第、出発しますので、ご安心ください」

乗客が口々に不満の声をあげた。

「かなわんな」

乗客のひとりが言った。

「こういう古いバスは、走らせちゃいかんよ。こっちは金をはらって乗ってるんだぞ」

ぼくは席を立って、ほかの乗客といっしょに外に出た。外の空気が吸《す》えて、気持ちいい。バスの中は窮屈《きゅうくつ》で、息苦しかったから。

まわりの大人の話に耳をそばだてて、何が起きているのか知ろうとした。

「修理工なんて、なかなか来ないわよ。来たところで、直せないとなったら、どうするの？　かわりのバスをよこすしかないわよね」

おばさんが言った。

「かわりのバスをよこすったって、明日の朝まで無理だろう」

と、別の人。

「アディスアベバにもどって、明日の朝、出直せって言われるんじゃないかな」

明日！　心臓《しんぞう》がドキンとした。明日まで待つなんて無理。じいちゃん、それまでに死んじゃう。

ぼくはあたりを見回して、今、どのあたりにいるのか、探《さぐ》った。バスはかなり走ったから、アディスアベバの町はずれは、とっくに過ぎたよね。道はまっすぐのびている。畑をつっ切り、のぼったりくだったりしながら、キダメと、ぼくの家に向かって、

ずっとつづいてる。ぼくに、おいでと言ってるみたい。目を細めて太陽を見る。まだあと四時間くらいは明るいはず。

この道を走れ――頭の中で声がする。おまえなら走り通せる。三十キロちょっとじゃないか。マラソンより短い。つべこべ言わずに走れ。

おずおずと、バスから少し離《はな》れた。たったひとりで走ることになる。追いはぎが出るかもしれない。野犬がいるかも。どんな危険《きけん》な目にあうか、想像《そうぞう》もつかない。

「どこに行くの?」

食べものをくれた女の人が、声をかけてきた。その一声で、ぼくの心が決まった。あのおばさんの、うるさい質問《しつもん》から逃《のが》れたい。新鮮《しんせん》な空気が吸《す》える。ぼくはぼく。一番得意なことやるまでだ。とにかく走ろう。

「家に帰る!」

ぼくは大声で答えた。

「おいしいもの、ありがとう!」

ぼくは、〈ハヤブサ〉になった気分で、走りはじめた。うしろの方から、さけび声が聞こえる。もどれ、バカなことするな、待て、などなど。耳なんか貸《か》すもんか。ぼくは、そのまま走りつづけた。

13

走るというのがどういうことか、あのときはわかっちゃいなかったけれど、今ならわかる。あの日、ぼくは、何よりも大切なことを学んだ。つまり、こういうことだ。走るときに大切なのは、足や腕《うで》だけじゃない。足や腕は、もちろん大事だ（特に足は大切）。でも本当に結果を左右するのは、気持ちなのだ。

もうくたくた、どうしよう、などと思っちゃいけない。足のマメがうずくとか、腿《もも》がいたい、息が苦しい、そういうことを考えてはいけない。

あのときは、どんなペースで走ればいいのかわからなくて、はじめから飛ばし過ぎた。ライオンに追いかけられているように、バスや、あきれ返っている乗客を尻目《しりめ》に、全速力で道路をつっ走った。あたりまえだけど、そのうち速度を落とす羽目になった。わき腹《ばら》がいたい。息もできないほど苦しい。そのときふと、考えた。ぼくはひとりじやない、じいちゃんがいっしょなんだって。

「落ち着け」

じいちゃんの声がする。

「ハチに刺《さ》されたわけじゃあるまい。ライオンに追いかけられてもいないぞ。同じ速度を保《たも》て。あわてずしっかりな」

あわてずしっかり。あわてずしっかり。あわてずしっかり。

何度もくりかえして言っているうちに、足をリズムよく動かせるようになった。速度が定まると、数遊びが顔を出した。

最初は、次の丘《おか》の上まで何歩で行けるか。
一、二、三、四……
丘の上に着いたら、今度は坂の下の小川にかかっている橋まで。
五十九、六十、六十一……
さすがに、ずっと数えつづけるのは無理。たいくつすぎて数える気になれない。すると、心配ごとが頭をもたげた。

じいちゃんに何かあったらどうしよう。じいちゃんをひとり、アディスアベバに置いてきちゃった。病院に入院させてもらえなかったら？　バスが故障《こしょう》したとき、ほかの人といっしょに、アディスにもどったほうがよかったかな。家まで走って帰るなんて、考えただけで気が狂《くる》いそう。それにしても、どのくらいの距離《きょり》を走ってきたんだろう。

なんだか足が重いと思ったとたん、速度が落ちた。すると、うしろからトラックがうなりをあげて近づいてきた。道路のはしの舗装《ほそう》がないところによけなければ。とがった石で足の裏《うら》を切りそう。

どうしよう。あせりまくったら、胸《むね》がバクバクしはじめた。困《こま》った。するとじいちゃんが、また助け船を出してくれた。じいちゃんは、あせったりしなかったよね。トラックから馬の背中《せなか》に飛び乗って、命がけで走ったんだもの。

あわてずしっかりだぞ、ソロモン。

じいちゃんの声が聞こえてくる。あわてずしっかり。

ぼくのリズムがもどった。ほどよい速さで走ってる。自分をふるい立たせて、数のゲームもはじめる。今度は歩数じゃなくて、目に入るものをかたっぱしから数えていく——道路わきをうしろに遠ざかる電柱、電線に止まっている小鳥、丘《おか》の斜面《しゃめん》の農家、教会の敷地《しきち》を囲んでいる木々。

幸い、道路はすいている。ときどきトラックや自動車が通り過ぎるていど。ロバにまたがった農夫や、学校帰りの子どもたちを、難《なん》なく追いこしながら走る。たまに、あいさつしたり、質問《しつもん》してくる人たちもいるが、たいていは、放っておいてくれる。ありがたい。答えて息をむだにしたくないもん。

もう何時間も走りつづけているような気がする。走りに走って、丘をのぼり、次の丘をくだる。そのとき、うしろから、聞き覚えのあるガタガタいう音が聞こえてきた。ふりかえる。わっ、あのバス！　スピードを上げて近づいてくる。ぼくは、夢中《むちゅう》で手をふった。

「止まってー！」

声のかぎりにさけぶ。

「ぼくだよ！　バス代、はらっただろ！」

運転手は気づかない。どけ、とばかりに警笛《けいてき》を鳴らし、止まらずに行ってしまった。乗客がふりむいて、窓《まど》からぼくを見ている。運転手に止まれと言ってくれ、と必死に願ったが、バスは止まらなかった。

一日の中で最悪の一瞬《いっしゅん》。

バカバカしいったらありゃしない。へとへと。もうだめ。道ばたに座《すわ》りこみ、顔を膝《ひざ》にうずめて泣きたい。

「バカもん！」

自分に向かって大声でさけんだ。

「とんま、まぬけ！　どうしてバスの中で待たなかったんだよ？」

　そのあとは、これまで以上にエネルギーと勇気がいった。足が棒《ぼう》みたいだったし、足先がズキズキするし、死ぬほど喉《のど》がかわいていた。でも、走りはじめるしかない。一、二、三……歩数を数えて、ペースをつかもう。でも、数のゲームで気をまぎらすのは無理。

　バカもん！　バカもん！　大まぬけ！　これに合わせて走るのがせいいっぱい。でもこれじゃあ、ペースはつかめない。

　もうこれ以上は進めない、と思ったら、丘《おか》の上に出た。下の谷をのぞきこむと、なんと、あのバスがいる！　道路のわきに停まっていて、乗客がぞろぞろとおりている。バスのうしろのエンジンルームのふたをあけ、男の人が中をのぞいている。

　そうか！　また故障《こしょう》したんだ！　ぼくは勝《か》ち誇《ほこ》った気分になった。バスからぬけ出したのは、やっぱり正解《せいかい》だった。

　ぼくがバスのわきを通ると、乗客たちが声をかけてきた。

「ヘイ、おまえか、走るのを選んだ子は！」

「よくやった！」

「あんたを追いぬいたとき、運転手にたのんだのよ、でも止めてくれなくて」

だれかがペットボトルの水を差し出してくれた。

「飲みな！　飲む資格《しかく》あり」

ぼくはペットボトルを受け取って、ごくごく飲んだ。おいしい！　体じゅうに、力がみなぎる。

車掌《しゃしょう》が近づいてきた。笑顔で。

「バスにもどってもいいぞ。キダメまでの運賃《うんちん》はもらってるから」

「出発まで、どのくらいかかるの？」

ぼくはあえぎながら聞いた。まだ息を切らせたまま。

車掌は、両腕《りょううで》を開いて肩《かた》をすくめた。

「わからん。修理屋ががんばってくれてるが」

「キダメまで、あとどのくらい？」

「ほんの五、六キロだ。目的地まで走ったも同然だな」

「そんなら走る」

ぼくは言った。

「こっちのほうが先に着くはず」

ぼくが走りはじめると、乗客が声援《せいえん》を送ってくれた。

「行け行け！」

乗客たちの声がうしろから聞こえる。

「ゴベズ《すごいぞ》！　がんばれ！　早く走れ！」

おかげで、ぼくはがんばれた！　早く走れた！　力がわいたのは、水のおかげか、それとも乗客の声援か。もしかすると、もう少しで走り切れるとわかったからかも——いずれにしても、さっきまでとは明らかにちがう。走るペースがもどってきた。頭の中もすっきり。自分のリズムに集中し、ただただ夢中《むちゅう》で足を動かし、距離《きょり》をかせぐ。マラソンの優勝者《ゆうしょうしゃ》みたいな走り——我《われ》ながら納得《なっとく》。

遠くにキダメが見えた。一キロもなさそうだ。そのときうしろから、ガタガタと、あの聞き覚えのある音が。

追いこされてたまるか！　自分で自分に言い聞かせる。バスに勝つんだ。勝つぞ！　勝つぞ！

ぼくの前を、農夫が歩いていた。袋《ふくろ》を積んだ台車をおしながら。あの農夫がいなかったら、ぼくは勝てなかっただろう。一台のトラックが、農夫をよけようとして道路をそれた。農夫はよろけ、その拍子《ひょうし》に台車がひっくりかえり、積んでいた袋が道路いっぱいに散らばった。

ぼくは急いでまわりに視線《しせん》を走らせ、何が起きているか確認《かくにん》した。農夫が取りみだしながら、袋をかき集めている。トラックは、溝《みぞ》にはまりこみ、お尻《しり》で半分道路をふさいでいる。そこにバスが、赤色灯《せきしょくとう》を点滅《てんめつ》させ、警笛《けいてき》を鳴らしながら、ぐんぐん近づいてくる。バスが通れるまで、かなり時間がかかるぞ。そう思ったら、体の底からみるみる力がわき上がった。ぼくは全速力で走りはじめた。

やったあ！　ぼくはキダメの大通りをしゃにむに走った。すぐうしろにバスをしたがえて。道路にほっぽり出されている長い棒《ぼう》につまずいて思いきりころぶ。心臓《しんぞう》が踊《おど》っている。顔は土ぼこりでまっ黒だ。

14

キダメの人たちの暮《く》らしは、いたって静かだ。だから、少しのことですぐさわぎになる。ぼくの場合も、まさにそうだった。バスが到着《とうちゃく》する時間になると、ふだんから人だかりができる。ひょっとすると何か目新しい話が聞けるかもしれないし、おもしろい人がおりてくるかもしれない。そういうわけで、大通りにはもう人が集まっていた。

その大通りに、ぼくは倒《たお》れていた。体の中の骨《ほね》の半分が折れてしまったんじゃないか、もう一度立ち上がる力なんか残ってるだろうか、などと考えながら。

ふと気づくと、同じ学校の少年がふたり、ぼくを見おろしている。

「そんなとこで、何してんだよ、ソロモン？　アディスに行ったって、マルコスから聞いたけど。どうしたの？　立ち上がれる？」

ぼくは何かモソモソ答えたようだ。それから立ち上がろうとして、もがいた。少年たちが手を貸《か》してくれて、なんとか立てた。頭がくらくらする。よろけそう。疲《つか》れて体がふにゃふにゃだ。ここで寝《ね》ころんで、じっとしていたい。でも、そうはいかない。家に帰らないと。それもできるだけ早く。あと八キロ走らなければ。

そこに、別の少年が走りよってきた。

「聞いたぞ！　こいつ、アディスから走ってきたって。バスに勝ったんだって！　その話でもちきりだぞ」

大勢《おおぜい》の人たちが四方から、ぼく目がけてやってきて、ぼくを取り囲み、質問《しつもん》を浴びせかけてきた。逃《に》げ出《だ》さなくちゃ。もうじき暗くなる。その前に家に着かなければ。ようやくふつうに息ができるようになった。

「バスに勝ったわけじゃないよ」

と、ぼくは言った。

「先に到着しただけ。バスが故障《こしょう》したんだ。あの人たちに聞いてみて」

ぼくは、バスにあずけた荷物を受け取ろうとむらがっている人たちの方に、顎《あご》をつき出した。みんながそっちを見ている間に、どうにか力をふりしぼって、大通りを町はずれに向かって全速力で走った。それから角《かど》を曲がって、家に向かう小道に入った。

「ソロモン！　どうしたの？」

マルコスの声だ。

「今は話せない」

ぼくは肩《かた》ごしに答えた。

「家に帰らなくちゃなんないから」

マルコスのヤツ、できることなら、ぼくを追いかけたかったろうな。ぼくは、あんな長距離《ちょうきょり》を走って力を使い果たしている。それでも、ぼくにくっついて走るのは無理。それはマルコスもわかってる。ぼくが丘《おか》のふもとの古い杭《くい》にタッチして、いつものように、向こうの坂をかけのぼるために気合を入れているときにも、マルコスはまだ、うしろの方から、大声であれこれ聞いてきた。

アディスアベバで体験したことや見たことは、何もかも、色あせてしまった。ケベデに会ったこと、お金を盗《ぬす》まれたこと、それをケベデが取り返してくれたこと、洋菓《ようが》子店《してん》ハピネス、〈弾丸《だんがん》〉さんと〈ハヤブサ〉のこと、ウォンデュおじさんのたくらみ、オリンピック選手を見たこと、じいちゃんが倒《たお》れたこと――どれもこれも、夢《ゆめ》の中の出来事みたいだ。ぼくの頭にうかぶのは、じいちゃんの顔だけだ。聞こえるのも、じいちゃんの声だけ。

走るんだ。自分のペースを守れ。あわてるな。走れ。

最後の三キロは悲惨《ひさん》だった。足の裏《うら》がいたくてたまらない。疲《つか》れて足がガクガクする。ゼーゼーあえぐたびに、胸《むね》がはげしく上下する。

ぼくたちの家、見慣《みな》れた丸い壁《かべ》といびつなとびらが、目に飛びこんできた。人生で一番すばらしい瞬間《しゅんかん》。夕暮《ゆうぐ》れが近く、うす暗い。わらぶき屋根から渦《うず》を巻《ま》いて立ちのぼっている煙《けむり》が目に入るよりも早く、母さんの料理のにおいがした。

もう少しで到着《とうちゃく》というとき、家のとびらが皮の蝶番《ちょうつがい》をギシギシ言わせながら開き、水の入った鍋《なべ》を手にした母さんが出てきた。母さんがその水をまくと、水が弧《こ》を描《えが》いて光る。母さんが目を上げ、ぼくを見た。

「そこにいるのは、だれ?」

母さんが不安げな声をあげた。

「まあ、ソロモン！　あんたなの？　じいちゃんは、どこ？」

この際白状《さいはくじょう》するが、家にたどりついて、ほっとして、ぼくはワッと泣き出した。よろめきながら家に入り、火のそばの床《ゆか》に倒《たお》れこみ、けんめいに涙《なみだ》をおしとどめようとした。そしてあえぎあえぎ、じいちゃんが病気で病院にいること、じいちゃんが父さんを連れてこいと言ったこと、バスが故障《こしょう》したので、ずっと走り通して帰ってきたことを話した。

アッバと母さんは、ポカンと口をあけてぼくを見つめた。コンジットまで、髪《かみ》をいじくるのを忘《わす》れていた。

「じいちゃんを、置いてきたってのか？　病気のじいちゃんを、アディスアベバに？」

アッバがようやく口を開いた。右手で左の掌《てのひら》をたたいている。うろたえたときの癖《くせ》だ。

「ぼくだっていやだった！　でもじいちゃんが、そうしろって！」

「走ってきたの？　アディスから家まで？　ひとりで？」

と、母さんは言いながら、ぼくを腰《こし》かけの上に座《すわ》らせ、鍋《なべ》いっぱいの水を持ってきて、ぼくの足を洗《あら》ってくれた。母さんがこんなことをしてくれるなんて、はじめてだ。心が落ち着いて、気持ちがいい。

「すぐアディスに行かなければ」

火の向こう側に座っていたアッバが、こう言うなり、いきなり立ち上がった。すぐにも出発しそうないきおいだ。コンジットがアッバの手を引っぱった。

「もう暗いよ、アッバ。夜だもん。夜、外に出る人なんて、だーれもいない。ハイエナに食べられちゃうもん」

コンジットの甲高《かんだか》い声がふるえている。うろたえているときの声。

「朝一番に行く」

アッバが言った。

「ソロモン、おまえもいっしょだ。じいちゃんがどこにいるか、わたしにはわからんから」

ぼくは、ひっぱたかれたような気がした。ヘトヘトなんだよ。あと一歩だって、歩けそうにないよ。アディスまで歩き通すなんて、考えただけでゾッとする。

「この子を明日、遠くまで歩かせるなんて、無理よ」

母さんが言った。

「この足を見てごらんなさい」

母さんはぼくの足を持ち上げて、アッバに見せた。そのついでに、ぼくも見た。足の裏《うら》がはれあがり、親指のところが、大きく切れている。こんなことになってるなんて、気づきもしなかった。

「この子は連れていく。いやも応《おう》もない」

アッバが言った。

「キダメまでラッキーにまたがっていけばいい。キダメからバスに乗る。何か食べさせてやれ。それから寝《ね》かせてやれ。朝のバスは、六時半に出る。暗い中を歩くことになるから、ふだんより時間がかかるな。キダメでバスの座席《ざせき》を確保《かくほ》するとなると、四時半には家を出なければならん」

その晩《ばん》、母さんはあれこれぼくの世話をやいてくれた。ぼくはまるで赤んぼう。足をもみほぐしてくれたり、食べたいだけ食べさせてくれたり。大事にしているお砂糖《さとう》だって、スプーンで何ばいもお茶に入れてくれた。

「アビスアダダって、どんなとこだった、ソロモン?」

コンジットがぼくを質問《しつもん》攻《ぜ》めにする。

「ライオン、見た?」

「アディスアベバだってば、アビスアダダじゃなくってさ」

と、ぼく。

「でかかったよー。それに、たくさん……」

ここで大あくびが出て、顎《あご》がはずれそうになった。

「また今度ね」

母さんがコンジットに言った。

「ソロモンを眠《ねむ》らせてあげなくちゃ」

言われたとおり、ぼくは眠った。眠りこけた。

15

母さんにゆり起こされたとき、ぼくはまだぐっすり眠《ねむ》っていた。母さんはもう、残り火に風を送って燃《も》えあがらせ、お茶の用意をしている。ぼくは起き上がろうとして、思わずうなり声をあげた。体じゅうの筋肉《きんにく》がコチコチになって、骨《ほね》までいたいような気がする。

アッバは外にいた。小さな声でラッキーに話しかけている。ロバはみんな、話しかけられると喜ぶ。安心するのだ。

アッバは、とびらの中に顔だけ入れた。

「まだ起きてないのか？　出発しなければならんのに。もうすぐ四時半だぞ」

ぼくは夢《ゆめ》うつつのまま、立ち上がった。田舎《いなか》では寝間着《ねまき》を着る習慣《しゅうかん》はないから、朝の着がえはしなくていい。母さんがぼくに肩《かた》かけを巻《ま》きつけ、お茶の入ったコップを持たせてくれた。

「急いで飲みなさい、ソロモン。父さんがイライラしはじめたから」

口の中をやけどしそうになったが、効果《こうか》はあった。お茶のおかげで目が覚めた。そしてまず思った。今日これからアディスにもどるなんて、無理！　ヘトヘトなんだから。

それから思い出した。でも、ラッキーに乗れるんだった。アッバがラッキーで遠出させてくれるなんて、はじめて。そのあとはバスで行くんだよな。

つづいて思った。ケベデにもまた会えるぞ。

それからやっと思い出した。じいちゃん！　もう死んじゃったかもしんない！　じいちゃんのことをなかなか思い出さなかったなんて、穴《あな》があったら入りたい。まだ真っ暗な外で、アッバがジリジリと心配をつのらせているっていうのに。アッバは、じいちゃんのことしか頭にないんだ。ほかのことはどうでもいい。こんなにいらだっているアッバを見たのは、はじめてだ。

「一日待たせる気か？」

アッバがぼくに向かってほえた。ぼくはよたよたとラッキーのところまで行って、背中《せなか》によじのぼった。

「バスに乗りおくれてもいいってのか？」

母さんがインジェラを一切れ、ぼくにわたしてくれた。

「とちゅうで食べなさい。神様がついていてくださるからね。気をつけて！」

夜明けの光が差してくるまでには、まだ一時間ある。でも、ありがたいことに、まだ月がしずんでいない。満月じゃないけど、半月だって、月が出てないよりは明るい。キダメまでの道は、細かいことまでぜんぶ覚えていると思ったけど、暗い中を行くのは、はじめてだ。ラッキーが石につまずくんじゃないか、茨《いばら》の生垣《いけがき》につっこむかもと、気が気じゃない。でも、ラッキーをもっと信じてやればよかった。アッバやぼくより、ずっとよく道を知っていた。

はじめのうち、ラッキーはゆっくり、ゆっくり歩いていた。暗闇《くらやみ》に慣《な》れていないのだ。アッバがぼくのうしろで舌打《したう》ちしている。キダメまでの道のはじめのほうは、急坂で石ころだらけなのだ。道がせまいから、ふたりならんで歩くこともできない。一列になって行くしかない。でも、いったん、少し道幅《みちはば》が広がって平らなところまでくだると、ラッキーは本来の速度で歩きはじめ、ぼくはひどくゆさぶられた。アッバもおくれないように速足でついてくる。道がさらに広くなって、アッバがぼくの横を歩けるようになった。

「さあ、もう一度、何もかも話してくれ」

アッバが言った。

「最初から。いったい何があったんだ?」

ぼくは、あらいざらい話した。ウォンデュおじさんの家に行ったけど、おじさんは、あんまりうれしそうじゃなかった。それからアレムさんに会いに行って、〈弾丸《だんがん》〉と〈ハヤブサ〉の話を聞いた。じいちゃん、走ってるトラックから馬に飛び乗ったんだって。

「それって、ほんとの話なの、アッバ?」

ぼくはアッバに聞いた。

「そんな話ははじめて聞いたが、じいちゃんのことだ、そういうことがあったとして

くてウズウズしちゃうけど」

「じいちゃん、どうして何も話さなかったのかなあ。ぼくだったら、みんなに話したくてウズウズしちゃうけど」
も、驚《おどろ》かんね」

アッパは、しばらく考えこんでいた。

「じいちゃんが何か面倒《めんどう》なことに巻《ま》きこまれて、田舎《いなか》にかくれていなければならんのは、知ってたよ。当時は革命《かくめい》のあとでね、だれもがほかの人をおそれていた。父さんはまだ小さかったからなあ。そんな話を耳にしたら、そこらじゅうにふれまわっていただろうよ。そのうち、たぶん、むかしのことを話さないのが、癖《くせ》になっちまったんだろうねえ。それにしても、なぜ今さら、話を持ち出す気になったのか。そもそも、そのアレムさんに会おうとしたのは、どうしてなのか？」

それで、ぼくはアッパに、メダルの話をした。はじめ、ウォンデュおじさんが、それを手に入れようと、たくらんだことも。

「またウォンデュか！」

アッパはうんざりしたような声で言った。

「弱虫でおろかなヤツなのさ。じいちゃんのことだ、ヤツをうまくあしらってくれるだろうよ」

アッバは、指で鼻の横をこすった。

「メダルねえ。値打《ねう》ちがあるんだろうな？　売れるってことか？　いくらぐらいの値がつくか、言ってなかったか？」

空の色が黒からどんよりした灰《はい》色《いろ》に変わり、星が少しずつ消えていった。そして東の地平線の上が、ピンク色のしまもようになった。それが見る見る輝《かがや》きを増《ま》している。

遠くの山々のうしろに太陽がのぼりはじめたのだ。行く手を見るのが、ずいぶん楽になった。

アッバの質問《しつもん》には答えたくなかった。アッバが何を考えているのかわかる。ウォンデュおじさんと同じく、頭の中でメダルを値《ね》ぶみしているのだ。きっと買いたいものをかたはしからならべている。新しい鋤《すき》、新たな牛を一頭、コンジットの制服《せいふく》。ああ、よかった、メダルを、お金の袋《ふくろ》から出してきて。母さんのコーヒーポットのうしろの、棚《たな》のすみにかくしておいた。

アッバの関心をほかに向けたくて、ぼくはオリンピック選手のことや、パレードの様子を、すごいいきおいでしゃべった。ケベデのことはあまり話さなかった。なんとなく、アッバはケベデのことを気に入ってくれないような気がする。それに、パレードでじいちゃんを見失ったなんて、話すのは気が進まない。じいちゃんを見つけたのは、じいちゃんが倒《たお》れて、店の椅子《いす》に寝《ね》かされてからなんだから。

「それで、じいちゃんは、なんて病院に運びこまれたのかい？」

ぼくがようやく口をつぐんだとき、アッバが聞いた。

ぼくは胸《むね》をなでおろした。じいちゃんを見捨《みす》てたんだなと、しかられるんじゃないかって、びくびくしていたから。

「わかんない」

と、ぼく。

「やれやれ、それでおまえ、どうやってじいちゃんを見つけるつもりなのかい？」

アッバが言いかえした。また心配になったのが、声でわかる。

「病院の場所なら、ウォンデュおじさんが知ってるよ。おじさんが、じいちゃんを連れてったんだから。おじさんの家なら、案内できる。ぼくたちをだまそうとした人だけど、そのくらいは教えてくれるでしょ？」

そのことなら、ぼくはもうすっかり心づもりをしている。バスの停留所《ていりゅうじょ》からピアッサまで、アッバを案内する道すじ（しっかり覚えているつもり）も頭に入っている。ウォンデュおじさんの家に連れていくのも、ばっちりだ。ちょっと楽しみなのは――アディスアベバの道に、こんなにくわしいんだぞって、アッバに見せること。

アッバが心配そうな顔で空を見上げた。遠くの山なみから、太陽のはしが顔をのぞかせている。火の玉の縁《ふち》がほんのちょっと見えただけで、まわりのいたるところに光があふれる。数分で、太陽が地平線の上にすっかりのぼるはず。そうして、いつものように一日がはじまる。

「おそくなっちまった。急がないと、バスが満員になって、乗りそこなうぞ」

アッバが言った。

「ラッキーはどうするの？」

「アハメドじいさんが、面倒《めんどう》を見てくれるさ。ちょっとお金を出せば、なんでもしてくれるからな」

アハメドじいさんのことは、キダメの人ならだれでも知っている。道路のわきに一日じゅう座《すわ》って、仕事をくれる人を待っている。

「ソロモン、ラッキーからおりろ」

アッバが言った。

「ラッキーは疲《つか》れてる。歩みがのろくなった。父さんとおまえは、足がいたくてもいたくなくても、最後は走らなければならん」

最初の数歩がつらかったけど、間もなくこわばりがほぐれ、足のいたみも忘《わす》れてしまった。アッバの心配を吹き飛《ふと》ばすことができた。今日じゅうに、じいちゃんのところにもどらなくちゃ！　まずはアディスに行かないと！　それにはバスに乗るしかない！

とにかく間に合った。でも、ぎりぎり。バスはもうドアをあけていて、乗客が乗りこんでいる。三席しか残っていない。それも一番うしろの席。

「アハメド！」

アッバが老人を大声で呼《よ》んだ。老人は、小さな食堂の外の石に座っている。

「うちのロバの面倒を見てくれないか？　アディスに行ってくる」

「アディスだと！」

アハメドじいさんは、わざとおもしろくなさそうな顔をする。

「どいつもこいつも、アディスに行きやがって」

でも、そう言いながら、こころよくラッキーの手綱《たづな》を取ると、離《はな》れていった。

ぼくはもう、バスのステップに足をかけている。アッバがすぐうしろで、早く乗りこめとぼくをせかす。そのとき、だれかがさけぶのが聞こえた。

「ソロモン！」

ぼくは、聞こえないふりをした。

どうせ、やじうまだよ。どうやって、アディスからのバスに勝ったんだいって、聞いてくるヤツさ。また呼《よ》ばれた。すごく急いでいる声。聞き覚えがあるような。ぼくは足を止めて、ふりかえった。

「さっさと乗れ！　ぐずぐずするな！」

アッバが背中《せなか》をおしてくる。

でも、声の主がわかった。ぼくはステップをはうようにしてもどり、バスから飛びおりた。

「アレムさん！」

ぼくは驚《おどろ》いて言った。

「こんなとこで、何してるの？」

「きみたちをむかえにきたんだ。車に乗ってくれ」

アレムさんがキビキビと言う。

「アディスには、わたしが連れていく。おじいさんの病状《びょうじょう》は、かなり悪いようだ。きみたちがいっしょにいてあげないと」

16

じいちゃんのことだけ考えていなければいけないのはわかっているが、アディスにもどるドライブにウキウキしてしまう。アレムさんの自動車は小さいが、そんなことは気にならない。自動車に乗るなんてはじめてだし、なんだか晴れがましい。王様になったような気分だ。

アッバはアレムさんのとなりの助手席に、ぼくは後部座席《ざせき》に座《すわ》った。はじめのうち、アッバは無言だった。気おくれしているのだ。なにしろ、アレムさんがどういう人なのかのみこんでいないし、キダメまではるばるむかえに来てくれた理由もわからない。あれよあれよという間に事が運んでいる。アッバは、物わかりの悪い人と思われやしないかと、不安なのだ。

アレムさんは運転しながら、チラチラとアッバの様子をうかがっている。アッバが、わけがわからずに困《こま》っているのを、察したんだろう。

「ソロモンの友だちが、わたしを探《さが》しに来ましてね」

と、アレムさんが事情《じじょう》を話しはじめた。

でも、そんな説明では役に立たない。ぼくはケベデのことをほとんど話していないんだから。アッバはケベデのこと、よく思わないんじゃないかなって、心配だったんだ。

「ソロモンの友だちってのは？」

アッバは、ますますわけがわからん、と言わんばかりの声だ。

ぼくは前に乗り出した。

「ケベデって子。ぼくをバス停まで連れてってくれたんだ」

「そうか、わかった」

と、アッバ。でも、わかったフリをしているのが見え見え。

そういうわけで、アレムさんがおだやかに、はじめから説明をしなおしてくれた。

自分のお父さんとじいちゃんが友だちだったこと。メダルのこと。みんな話してくれた。

アッバがいらだちはじめた。でも顔には出さず、ていねいに受け答えしている。

「それはそうと、どんな様子です？　父の容体は？」

アッバは、とうとうこらえきれなくなって聞いた。

「心臓発作《しんぞうほっさ》みたいだって、ソロモンが言ってますが」

アレムさんは、ためらった。しばらくしてから、

「わたしが病院に見舞《みま》いに行ったのは、きのうの午後のことで。聞いてすぐかけつけたんですがね」

と、ようやく言った。

「病院は、できるかぎりのことをしてくれています。神様を信じるしかありません」

アレムさんがいなかったら、どうしようもなかっただろう。病院の玄関《げんかん》をくぐることもできなかったと思う。こわい顔の守衛《しゅえい》が通してくれたとしても、長い廊下《ろうか》のどれを行けばいいかもわからなかったし、その廊下にはたくさんの病室がならんでいたし。

じいちゃんは、ぼくにとって、大きな大きな人だった。すごく背《せ》が高いとか、そういう外見のことを言っているんじゃない。じいちゃんは、家族の頭《かしら》だった。みんな、じいちゃんをだれよりも尊敬《そんけい》してた。頭が上がらなかったっていうか。

じいちゃんは、どんなときだって、何をすべきかわかっていた。いつ作物を取り入れたらいいか、よくアッパに教えていた。ラッキーが足をいためたときは、どうしてやればいいかも知っていた。ぼくの授業料《じゅぎょうりょう》をはらうお金が足りなくて、食べるのもがまんしなくちゃなんないときも、ぼくを学校に行かせてやれと言《い》い張《は》ってくれた。

じいちゃんに意見を言ったり、言いかえしたりする人は、だれもいない。

ぼくは、この二十四時間で、生まれてから今日までよりずっとたくさん、じいちゃんのことを知った。じいちゃんのことを知るチャンスを、もっと作っておけばよかったと、心の底から思う。

ベッドの上で、上がけシーツを顎《あご》までかけて、ひっそりと横たわっている姿《すがた》を見て、それがじいちゃんだとは、ほとんどわからなかった。すっかり小さくなっちまった。顔色は、ケベデのおじさんの店にいたときと同じように、灰色《はいいろ》だ。

じいちゃんは眠《ねむ》っていた。目を閉《と》じて、口を少しあけている。

そんなじいちゃんの姿《すがた》を見て、アッバはショックのあまり、我《われ》を忘《わす》れていた。

「ああ！」

泣きながら、両手に顔をうずめた。

アレムさんが、病人がずらっと寝《ね》ているベッドのわきの通路を通って、病室を歩いて行く。それぞれのベッドのそばには、親戚《しんせき》の人たちが大勢《おおぜい》、つきそっている。アレムさんは、プラスティックの椅子《いす》を二脚《きゃく》かかえてもどってきて、やさしくアッバを座《すわ》らせた。アレムさんは座ろうとせず、もう一つの椅子を指さした。それで、ぼくは椅子のはしっこの方に、そっと腰《こし》かけた。

もうひとつ、ぼくが驚《おどろ》いたのは、アッバがとてもたよりなく見えたこと。こんなアッバは、これまで見たことがない。体を前後にゆすり、しゃくりあげ、お祈《いの》りの言葉をつぶやき、涙《なみだ》ながらに、何度も何度もため息をついている。

正直に言うと、じいちゃんがあんまりじっとしているので、もう命がつきてしまったのかと思っていた。ところがそのとき、じいちゃんが目をあけた。弱々しい小さな咳《せき》をして、顔を横に向け、ぼくたちを見た。それから、手を上がけシーツから出すと、シーツをたぐりよせはじめた。心が乱《みだ》れているようだ。

アレムさんが、助《たす》け舟《ぶね》を出してくれた。じいちゃんの頭を持ち上げて、枕《まくら》をしっかりあてがい、そばの棚《たな》から水の入ったコップを持ってきて、じいちゃんの口もとに差し出した。

じいちゃんはくちびるをふるわせて、水を飲もうとした。こぼれた水が顎《あご》を流れ落ちたけど、喉仏《のどぼとけ》が上下に動いたから、少しは飲めたんだと思う。水が、じいちゃんをやや元気づけたようだ。

「来てくれたんか」

じいちゃんが、かぼそい声で言った。

「ああ、父さん」

と、アッバ。

「ここにいるよ。ソロモンが連れてきてくれたんだ。ソロモンはね、アディスから家まで、走り通したんだって」

じいちゃんの目が、アッバからぼくに向いた。

「じいちゃんが言ったとおり、バスに乗ったんだよ」

じいちゃんが、気を悪くするのではないかと思って、言いわけをした。

「でも、バスが故障《こしょう》しちゃったんだ、田舎道《いなかみち》に入る前に」

じいちゃんの目が、キラッと光ったみたい。自信はないけど、ほめてくれたのかも。

「いい子だ」

じいちゃんが言った。

「元気ないい子だ」

じいちゃんがくりかえしてくれなかったら、ぼくは耳をうたがうところだった。今まで、じいちゃんにほめられたことなんてなかった。十一年間、一度も。

「メダ……メダ……」

じいちゃんがつぶやいた。

「なんだって？」

アッバが身を乗り出して聞いた。

「メダルじゃない？」

ぼくも乗り出して言った。ぼくの顔がじいちゃんの顔にくっつきそうになった。

「ぼく、ちゃんと守ったからね」

じいちゃんに言った。

「家に持って帰った」

じいちゃんが口を曲げた。笑おうとしたんだと思う。

「あれは、おまえのものだ」

じいちゃんがささやいた。

「おまえにやる。大切にな」

じいちゃんはまた眠《ねむ》ってしまいそう。アレムさんがベッドの上にかがみこんだ。

「ソロモンは、いいランナーですよ、〈ハヤブサ〉さん。きのうはまるで、マラソン選手でしたよ。まったく信じられません。わずか十一歳《さい》の少年ですからね」

じいちゃんの目が、ゆっくり開いた。

「ランナーか。いいぞ。走れ。あわてずしっかりな。ゴールだけ見るんだ。その調子。

もうすぐ……」

じいちゃんの声がとぎれた。

看護師《かんごし》がやってきた。少しのあいだ、腕《うで》をとって脈《みゃく》をみていたが、ぼくたちの方は見ないで立ち去った。

ぼくたちは長いこと、じいちゃんのベッドのそばに座《すわ》っていた。アレムさんが席をはずし、食べ物を持ってもどってきたが、ぼくたちは食べる気になれなかった。アレムさんはまた、ほかの人たちと話しに行って、じいちゃんとぼくたちだけにしてくれた。アッバはじっと座っていた。じいちゃんから、一瞬《いっしゅん》も目を離《はな》すことはなかったと思う。

正直言って、ぼくはとまどっていた。病院というのは、へんなところだ。みんな、すっごくいそがしそう。ストレッチャーがガラガラ音を立てて動きまわり、看護師が大声で連絡《れんらく》を取り合い、ぼくはまごまご、びくびくするばかり。

アレムさんは、ときどきもどってきて、アッバに静かに話しかける。何を話しているのか、ぼくには聞こえない。

別の看護師が来て、さっきの看護師と同じように、じいちゃんの脈をみた。

「よくなってますか?」

ぼくは、つい聞いてしまった。思ったより大きな声になった。

「神様にお祈《いの》りをなさい」

看護師の答えはそれだけ。

とうとう、じいちゃんの様子に変化が現《あらわ》れた。とつぜん、目を見開き、ゼーゼーと息をはじめた。ぼくは、じいちゃんが目を覚ましたんだと思った。またぼくたちに話しをする気だな。でも、それはまちがいだった、荒《あら》い息がぴたりと止まった。

アッバがいきおいよく立ち上がり、ものすごい形相《ぎょうそう》でじいちゃんを見つめた。

「何が起きたの? 死んじゃったの?」

ぼくは、バカみたいな質問《しつもん》をした。

「神様がおむかえにきたんだよ」

アレムさんが答えた。

「〈ハヤブサ〉さんは、神様のもとに行ったんだ」

それから、アレムさんは手をのばし、じいちゃんのカッと見開いて動かない目を、
そっと閉《と》じてくれた。

17

じいちゃんが死んだあと、時間がゆっくりと流れていく中で、ぼくは二つのちがった気持ちにおそわれた。一つは、なんともむなしく、後悔《こうかい》してもしきれない思い。じいちゃんが生きているうちに、なんで、きちんと話をしなかったんだろう。その一方で、妙《みょう》に気合いが入っていた。ぼくのまわりの何もかもが変わり、ぼくはこれまでになく必要とされていたから。

アッバは打ちのめされているように見える。こんなにたよりないアッバの姿《すがた》は、見ちゃいられない。アレムさんから、アッバを病院の玄関《げんかん》に連れて行ってくれ、玄関を出たところで落ち合おう、と言われた。アレムさんは、ひとり残って、あとの手配をしてくれる。

アッバとぼくは、階段《かいだん》をおりて、外に出て、ぽつんと立っていた。そこにウォンデュおじさんが現《あらわ》れた。おじさんは、ぼくを見て近づいてきたが、アッバに気づいて、歩みがのろくなった。ウォンデュおじさんのこと、どう考えればいいんだろう。ぼくたちをだまそうとした人だけど、悪いことをしたと思っているみたい。じいちゃんを病院に連れてきてくれたし、病院の費用もはらうって、約束してくれた。うしろめたくもあり、不安だし、ってところなのか。

「ウォンデュおじさんだよ」

ぼくはアッバに言った。

アッバの耳には入らない。ショックが大きすぎて、どんな言葉も受けつけないのだ。

おじさんが、こわごわ、ぼくたちの方に歩みよってくる。

「ふたりのその顔を見ると——何かあったのか?」

と、ウォンデュおじさん。

「じいちゃんが、亡《な》くなった」

ぼくは小声で言った。大きい声を出すのは、ふさわしくない気がして。

ウォンデュおじさんは、手のひらでこめかみをたたいた。

「おれだって、できるかぎりのことはしたんだ！　家で休んでもらおうとしたし、倒《たお》れたときは、病院に連れていった。病院は、最善《さいぜん》をつくすって、約束してくれたんだが、こんなことになるとは、なんとも残念だ！」

アッバは、少しだけシャンとした。ウォンデュおじさんを見つめて、口を開いた。でも、ぼくは聞いていなかった。別のことに気を取られていたから。少年がひとり、病院を取り囲んでいる柵《さく》の外にいる。両腕《りょううで》を柵からつき出して、ぼくにむかって手をふっている。ケベデだ。ぼくはケベデのところまで走った。

「警備員《けいびいん》が門から中に入れてくれないんだ」

ケベデが言った。

「ここのやつら、意地悪なんだよ。どうなってんの？　今朝《けさ》、キダメからのバスに、おまえが乗ってると思って、バス停に行ったんだ。でも、乗ってなかった。おまえのマラソンのことは聞いたぜ。バスに勝った子がいるって話で、もちきりさ。アレムさんの会社にも行ってみたけど、アレムさんは、キダメにおまえをむかえに行ったきり、まだもどってないって言うしさ。でも、おまえは、じいちゃんに会いに、絶対《ぜったい》ここに来ると思ってた」

ぼくは頭をふった。

「亡《な》くなったんだ。たった今」

二回目だからって、かんたんに言える言葉ではなかった。

「なにぃ！　まさか！　たったの二日前に、アディスまで歩き通してきたってのに。そんなの信じらんない！」

「ぼくだって信じられないさ」

でも、そう言うそばから、それはうわべだけの言葉だとわかっていた。じいちゃんが死んだことは、信じてる——わかっている。じいちゃんの魂《たましい》がぬけ出したのを、この目で見たんだから。アレムさんが、じいちゃんの動かない目を閉《と》じてくれたのも見た。

「それで、これからどうすんの？」

ケベデが聞いた。

「わかんない」

門のところで、大きな声がした。警備員《けいびいん》のひとりがケベデを見つけたのだ。

「おい、おまえ！　その子だ！　何してる？　とっとと消《き》え失《う》せろ！」

ケベデが柵《さく》から体を離《はな》した。

「な、言っただろ、ここのやつら、意地悪なんだよ。ねえ、ソロモン、何かあったら、いつでも応援《おうえん》すっからね」

「わかってるって」

「黙《だま》って帰っちまうなよ」

「そんなことしないさ」

その瞬間《しゅんかん》に、ぼくたちは本当の友だちになった。今も友だちだし、これからもずっと友だちだ。

今、ケベデはおじさんの店を引《ひ》き継《つ》いでいる。ぼくは、遠征先《えんせいさき》からアディスアベバに帰ってくると、今でもかならずケベデを訪《たず》ねる。マルコスとケベデ。ふたりは、ぼくの一生涯《いっしょうがい》の友だちだ。


それからの数日は、思い出したくない。

その日のうちに、じいちゃんを町のはずれの墓地《ぼち》に埋《う》めた。じいちゃんが家で死んでいたら、大勢《おおぜい》の人がお棺《かん》につきしたがって墓地まで行ったはずだ。でもアディスアベバでは、じいちゃんを知っている人はいない。お棺につきそったのは、アレムさんと、ウォンデュおじさんと、アッバとぼくだけ。

じいちゃんを永遠《えいえん》に墓地に残して丘《おか》をおりるとき、ぼくにはもうわかっていた。じいちゃんが死んだことで、ぼくはすっかり変わった。それまでの生き方とは、永久《えいきゅう》に決別したのだ。そうなるように、じいちゃんが用意してくれたようなものだ。

もちろん、じいちゃんに何かできたわけではない。病気で倒《たお》れることもわからなかったわけだし、バスが故障《こしょう》して、ぼくが家まで走り通すことも知らなかった。アレムさんのスポーツ用具の会社が、若《わか》いランナーに、体育学校への奨学金《しょうがくきん》を出していることも、その奨学金をぼくにくれることも、じいちゃんは知るすべがなかった。ぼくがその学校を卒業して、一人前の選手になることも、もちろん知らなかった。まして、じいちゃんの父さんのメダルが、ぼくを勇気づけ、ぼくに幸運をもたらすお守りになるなんてこと、どうして知ることができただろう。

でもやっぱり、じいちゃんはこうなることを知っていたんだと思う。何もかもお見通しで、そうなるように、お膳立《ぜんだ》てしてくれたんだ。ものすごくきびしい人だったけど、本当は、ぼくが出会った中で、一番かしこい人だったってことだ。

「じいちゃんは、おまえがいいランナーだってこと、とっくに見ぬいていたよ」

最近になってアッバが教えてくれた。

アッパとぼくは、ぼくの家の食卓《しょくたく》で話をしていた。アッパはキダメからぼくに会いに来ていた。母さんお手製《てせい》のおいしい料理を持って。アッパは、ぼくの家に泊《と》まるのが好きなのだ。町を見て歩き、ぼくが走ったレースの話や、ぼくが会った人たちのことを、なんでも聞きたがる。ぼくの練習を見にくることもある。ウォンデュおじさんとも、仲よくなっていた。おじさんは、メセレットおばさんが出て行ったあと、前よりいい人になった。おばさんは、娘《むすめ》を残して、会社のボスとかけ落ちしてしまったのだ。ウォンデュおじさんが育てた娘は、今では、はにかみやのティーンエイジャーだ。

「ああ、じいちゃんは、おまえがいいランナーだってこと、見ぬいていたよ」

と、アッパがくりかえした。

「じいちゃんは戸口に立って、おまえが学校に走っていくのをよく見ていたもんだ。丘《おか》をかけおりて、向こうの丘をのぼっていくフォームを、目を細めてじっと見てた。ときには、わざとおまえに小さなことを命じて、出発をおくらせることもあったな。そうすれば、学校におくれそうになって、がんばって走らなくちゃならないからね」

「そういうことだったのか」

ぼくは笑った。

「こっちは、いつもイライラさせられたよ。それにしても、じいちゃんはどうして、ランナーになれるかもしれないって、言ってくれなかったんだろう。これもトレーニングなんだって、どうして教えてくれなかったんだろう」

「そういうのは、じいちゃんのやり方じゃないな。いずれにしても、わたしが賛成《さんせい》しないだろうと思ってたんだ。わたしはずっと、おまえには家にいて、農場を手伝ってもらいたいと思ってたからね」

ぼくは、すぐには言葉が出なかった。

「アッバは、ぼくが家を出たこと、嘆《なげ》いてるの?」

ようやく聞いた。

アッバは顔をしかめた。一瞬《いっしゅん》、じいちゃんの顔かと思った。

「バカなこと言うな。わたしが後悔《こうかい》するわけがないだろう。今のおまえを見てごらん」

アッバは、テーブルのうしろの食器棚《しょっきだな》の引き出しを、顎《あご》で指した。アッバが言わなくても、ぼくにはアッバの言いたいことがわかる。毎回、アッバとぼくは、同じ儀式《ぎしき》をやっているのだ。

ぼくは立ち上がって、引き出しをあけ、ぼくのメダルをみんな取り出し、一つずつ、テーブルの上にならべる。数はまだ多くないけれど、少しずつぼくの宝物《たからもの》をふやしている。

「それと、古いやつもな」

アッバが言う。

ぼくは、服の内ポケットから、小さい箱を取り出す。いつも内ポケットに入れて、持ち歩いているのだ。箱のふたを取り、あつぼったい脱脂綿《だっしめん》を持ち上げる。丸い、茶色のメダル。事情《じじょう》を知らない人には、小さくてさえない物にしか見えないだろう。でも、ぼくにとっては、地球と同じくらい値打《ねう》ちのある宝物だ。

アッバは、指を一本出して、うやうやしくメダルに触《ふ》れる。ぼくは、そんなことをする必要はない。どんな手ざわりか、正確《せいかく》に覚えてるから。どんな暗闇《くらやみ》で持たされても、ぼくにはじいちゃんのメダルだとわかる。

〈ハヤブサ〉じいちゃん、このメダルにはじないランナーになってみせるよ。
ぼくは、心の中で、そうくりかえしている。ぼくはじいちゃんの孫なんだから。

飛行機がようやく着陸した。数分前に車輪が滑走路《かっそうろ》にすべりこみ、ターミナル近くで止まった。グランドクルーがステップを取りつけている。キャビンアテンダントがドアのわきに立ち、ゴーサインが出たらすぐ、ドアをあけようと待ちかまえている。ぼくたちはみんな、ワクワクしている。ぼくはちょっと、緊張《きんちょう》もしている。外には大群衆《だいぐんしゅう》がいる。飛行機が誘導路《ゆうどうろ》を滑走しているときに、ターミナルの窓《まど》に顔をおしつけている人々が見えた。

今日はぼくにとって、チーム・エチオピアの一員としての、はじめての帰国なのだ。みんなエチオピアのユニフォーム――緑と黄色のユニフォーム――を着ている。その中の、ぼくたち幸運な選手たちは、首から、リボンのついたメダルを下げている。

ぼくはデラルツ・ツルのとなりの席に座《すわ》っている。ぼくが今、どんな気持ちか、デラルツにはわかっている。これまでに何度も、群衆の大歓声《だいかんせい》に出むかえられて帰国した経験《けいけん》があるから。デラルツは、世界で最も偉大《いだい》なランナーのひとりだ。首からリボンでつるした金メダルが、ぶつかり合って音を立てている。ぼくが獲得《かくとく》したのは、メダル一個《こ》。銅《どう》メダルだ。ぼくにとっては、銅メダルでも、じゅうぶんうれしい。少なくとも、今は。

デラルツも知らないことだが（知っている人はだれもいない）、ぼくはもう一つ、別のメダルを持っている。秘密《ひみつ》のメダル。内ポケットに縫《ぬ》いつけてある。ぼくにとって、何よりも大切な持ち物。それはいつも、ぼくに幸運をもたらしてくれる。

客室のドアが開く。ぼくの心臓《しんぞう》が、早鐘《はやがね》のように高鳴る。窓から、歓迎《かんげい》委員会の人たちと、テレビの取材班《しゅざいはん》と、えらい人たちが、ずらりとならんでいるのが見える。その人たちは、特別にターミナルの外の駐機場《ちゅうきじょう》まで出ることを許されているのだ。みんな、ステップの下にむらがり、ぼくたちが姿《すがた》を現《あらわ》したらすぐ、歓声をあげようと待ちかまえている。

高級車が一台、近づいて

くる。大勢《おおぜい》の警官《けいかん》が群衆《ぐんしゅう》を制止《せいし》している。

「大統領《だいとうりょう》よ」

デラルツが、ぼくに体をよせて窓《まど》の外を見ながら言う。ぼくは、ゴクリとツバを飲みこむ。デラルツがぼくの手を軽くたたいて言う。

「さあ、しっかりして、ソロモン。だいじょうぶよ」

ぼくたち選手の中でも特に有名で、国民のアイドルになっている選手たちが、最初に飛行機をおりる。その人たちがステップの下で大統領にあいさつするのに時間がかかり、そのうしろにならんでいるぼくは、ステップを半分おりたところで立ち止まっている。

ぼくは、群衆の頭の向こうに目をやった。アディスアベバの空港は、警備《けいび》がとてもきびしい。立ち入り可能《かのう》な場所にも許可《きょか》がないと入れない。それなのに、ひとりの少年が入りこんでいるようだ。ボロボロの短パン、しかもはだしだ。機内食を運ぶトラックのうしろにかくれているが、顔だけ出ている。その子が、ぼくをじっと見ている。たしかにぼくを見ている。ぼくには（遠くてよく見えないはずなのに）わかる。あの子の目は、むさぼるような、あこがれを宿している。

ぼくは、下でならんで待っているどんな役人や有力者よりも、あの子と話がしたい。ぼくは手を上げて、その子に向かってふった。おずおずと、その子も手をふりかえした。そのとき、警備員がその子を見つけ、追いかけはじめた。ぼくは、息をのんで見守った。つかまえないでくれ！

その子ははだしでウサギのように走り、荷物の搬入口《はんにゅうぐち》の裏《うら》に逃《に》げこんで見えなくなった。警備員もつかまえるのをあきらめたようだ。

あの子はランナーだ。ぼくはそう思う。生まれながらに走る才能《さいのう》がある。ぼくもひところは、あんなふうだった。

あの子は、むかしのぼくにそっくりだ。

訳者《やくしゃ》あとがき

多くの話題作を発表しつづけてきた作家、エリザベス・レアードが、またまた、ワクワクするような物語を書いてくれました。

今回の主人公ソロモンは、十一歳《さい》の男の子。エチオピアの田舎《いなか》で暮《く》らしています。学校に行くにも、八キロの道のりを裸足《はだし》で走って往復《おうふく》しなければなりません。でも、ヨチヨチ歩きのころから走っていたというだけあって、走ることが何より好きで、走りまくっています。農場でクタクタになるまで働いている父さんにはとても言えませんが、将来《しょうらい》はランナーになりたいという夢《ゆめ》をひそかに抱《いだ》いています。そんなソロモンが、年老《としお》いたじいちゃんのおともをして、首都アディスアベバに行くところから、物語がはじまります。

ソロモンのおじいちゃんは、その昔、ハイレ・セラシエ皇帝《こうてい》を護衛《ごえい》する兵士でした。ハイレ・セラシエは、一九三〇年から一九七四年まで四十年以上、エチオピアを治めていた有名な皇帝です。よいこともしましたが、人々を苦しめることも多く、エチオピアが大飢《だいき》饉《きん》にみまわれ餓死《がし》する人まで出たこともあって、革命《かくめい》が起きました。

その結果、皇帝をはじめ大勢《おおぜい》の人々が殺され、しばらくの間、恐怖《きょうふ》の時代がつづきます。皇帝の護衛兵だったおじいちゃんも、革命によって、五年間も監獄《かんごく》に入れられ、たいへんな苦労をしました。

ソロモンとおじいちゃんがたどり着いたアディスアベバでは、オリンピックで大活躍《だいかつやく》した陸上選手たちの凱旋《がいせん》パレードがおこなわれていました。運よく、そのパレードを特等席（？）で見ることができたソロモンは、うっとりと見ほれて、おじいちゃんのことも忘《わす》れてしまいました。

それもそのはず、オリンピックや世界陸上選手権《せんしゅけん》で、何個《こ》も金メダルをとった長距離《ちょうきょり》ランナー、ハイレ・ゲブレセラシエや、一万メートルの女性《じょせい》ランナー、デラルツ・ツルという、あこがれの選手たちを、目《ま》の当《あ》たりにすることができたのですから。

物語に登場するゲブレセラシエやツルは、実在《じつざい》の選手です。特にデラルツ・ツルは、一九九二年のバルセロナ・オリンピックで、エチオピア人女性《じょせい》として初めて優勝《ゆうしょう》したのを皮切りに、数々の金メダルを取ったランナーです。一九九五年、イギリスで開催《かいさい》された世界クロスカントリー選手権《せんしゅけん》では、移動途中《いどうとちゅう》のアテネで足止めされてしまいました。二十四時間、眠《ねむ》ることもできないまま、競技《きょうぎ》がスタートする一時間前にようやく会場にたどり着いたのですが、それでも優勝し、世界を驚《おどろ》かせました。二〇〇〇年のシドニー・オリンピックでは、エチオピア選手団の旗手を務《つと》めるなど、だれもがみとめるエチオピアのヒロインです。ソロモンも、もちろん、いつかデラルツ・ツルのようなランナーになりたいと、あこがれています。

ところで、ソロモンのおじいちゃんは、なみはずれて足の速い護衛兵《ごえいへい》で、〈ハヤブサ〉というニックネームがつくほどでした。その昔、おじいちゃんは、同じく足が速くて〈弾《だん》丸《がん》〉と呼《よ》ばれていた親友を、命がけで助けました。その〈弾丸〉さんが、やはり命がけでおじいちゃんとの約束《やくそく》を守ってくれたことがわかりました。信頼《しんらい》という絆《きずな》でかたく結ばれたふたりの友情《ゆうじょう》に、心を打たれます。

ここでおことわりしておきますが、おじいちゃんのニックネームは、原書ではArrowとなっています。矢のように速く走ることからついたニックネームです。これをそのまま「矢」と訳《やく》すと、ニックネームとして少しおかしいので、本書では〈ハヤブサ〉としました。ハヤブサという鳥は、餌《えさ》を目がけて急降下《きゅうこうか》するときは時速三百キロを超《こ》えるとか。足の速いおじいちゃんのニックネームにふさわしいと思いました。

ソロモンは、このおじいちゃんの素質《そしつ》を受けついでいるのでしょう。走ることにかけては、友だちのだれにも負けません。それどころか、旅先でおじいちゃんが病気になったことを父さんに知らせるため、アディスアベバから家まで、三十五キロの道のりのほとんどを、走り通しました。どんなに苦しかったことか。家にたどり着いたときは、床《ゆか》にたおれこんで泣きました。足の裏《うら》が腫《は》れあがって、切《き》り傷《きず》もできていました。とちゅう、もうダメだと思うこともありましたが、十一歳《さい》の少年は、最後まであきらめずに、三十五キロをがんばり通したのです。

そんなソロモンですから、やがて大きくなって、子どものころからの夢《ゆめ》だったランナーになったのも、うなずけます。ランナーになれたのは、いつも必ず持ち歩いている、大切なお守りのおかげでもありました。おじいちゃんからもらった古いメダル、おじいちゃんの大きな期待と、なみなみならぬはげましが宿ったメダルです。少しこわいけれど、いつも家族を正しい方向に導《みちび》いてくれたおじいちゃんが、天国から見守ってくれていたのでしょう。

ソロモンは、オリンピックにも出場しました。銅《どう》メダルをとって帰国する飛行機は、あこがれのデラルツ・ツルのとなりの席で、ツルに緊張《きんちょう》をほぐしてもらいました。夢《ゆめ》が実《じつ》現《げん》した瞬間《しゅんかん》です。そして、その夢は、つぎの世代の少年に受《う》け継《つ》がれていくのだ、と予感させて物語は終わります。

著者《ちょしゃ》エリザベス・レアードは、世界各地で暮《く》らしている子どもたちをモデルにして、つぎつぎにすばらしい物語を発表している作家です。海外生活の長かったレアードですから、この作品もきっと、エチオピアの子どもたちとのふれあいから生まれたのでしょう。レアードは、すでに、いくつかの文学賞も受賞していますが、本書*The Fastest Boy in the World*も、イギリスのハル児童文学賞（生徒たちの投票で選ぶ賞）やカーネギー賞（その年のすぐれた児童文学にあたえられる賞）の候補《こうほ》作品になりました。

旅行好きのレアードも七十歳《さい》を超《こ》え、イギリスで過ごすことが多くなったようですが、今も、機会があれば旅をしたいと思っているそうです。訪《おとず》れる先々で、子どもたちの話に耳をかたむけ、つぎのお話の構想《こうそう》を練《ね》ろうと思っているのではないでしょうか。

石谷　尚子

二〇一五年十二月

著者：エリザベス・レアード Elizabeth Laird
イギリスの作家。多くの話題作を発表している。マレーシアで教師生活を送り、夫の仕事の関係で、エチオピアやレバノンに長期滞在した。パレスチナの子どもたちを描いた『ぼくたちの砦』（評論社）、エチオピアのストリート・チルドレンを描いた『路上のヒーローたち』（評論社）のほか、『戦場のオレンジ』（評論社）『ひみつの友だち』（徳間書店）、『今、ぼくに必要なもの』（ピエブックス）などの邦訳作品がある。

訳者：石谷尚子 Hisako Ishitani
東京生まれ。上智大学文学部英文学科卒業。翻訳家。主な訳書に、アブラハム・J・ヘシェル著『イスラエル 永遠のこだま』（ミルトス）、J・バンキン／J・ウェイレン著『超陰謀60の真実』（徳間書店）、ロブリー・ウィルソン著『被害者の娘』（作品社、共訳）、石谷敬太編『ママ・カクマ—自由へのはるかなる旅』、エリザベス・レアード著『ぼくたちの砦』『路上のヒーローたち』『戦場のオレンジ』などがある。

世界一のランナー
二〇一六年一月二〇日 初版発行
二〇一六年七月二〇日 二刷発行

●著者 エリザベス・レアード
●訳者 石谷尚子
●装幀 川島進（スタジオ・ギブ）
●発行者 竹下晴信
●発行所 株式会社評論社
〒162-0815 東京都新宿区筑土八幡町二-二一
電話 営業〇三-三二六〇-九四〇九
編集〇三-三二六〇-九四〇三

●印刷所 凸版印刷株式会社
●製本所 凸版印刷株式会社

ISBN978-4-566-02451-9 NDC933 200p. 188mm×128mm
http://www.hyoronsha.co.jp

エリザベス・レアードの本

石谷尚子／訳

ぼくたちの砦

イスラエル占領下のパレスチナ。瓦礫の山を片づけてつくったサッカー場が、ぼくたちの〝砦〟だ。いつか自由を、と願いつつ、希望をもって生きる少年たちの物語。

路上のヒーローたち

エチオピアの首都アディスアベバ。さまざまな理由から家をはなれ、路上で暮らす少年たち。誇りを失わず、けんめいに生きるストリート・チルドレンを描く問題作。

戦場のオレンジ

内戦のつづくベイルートの町。十歳のアイーシャは、大切なおばあちゃんの命を救うため、敵の土地に入りこむ。少女の勇気ある行動が大人たちを動かして……。静かな感動を呼ぶ物語。